ポルタ文庫

一寸法師と私の殺伐同居生活

千冬

新紀元社

目次

序

祖父の形見はいわくつき

「お先に失礼しまーす」

バイト先の同僚にそう声を掛けて、九条涼子(くじょうりょうこ)はバックヤードに引っ込んだ。更衣室で着替えて店を出るまで、彼女はその顔によく笑顔を貼り付けていられたと思う。ここでいう笑顔とは、いわゆる営業用のスマイルだ。

コートを羽織ると、中途半端な長さの髪をまとめていたゴムを外す。

四月の初め。春とはいえ、新潟の春はそんなに暖かくないのだ。小雪で雪がほとんどない年でも、寒さは春を遠ざける。

職場であるコンビニの裏に停めてあった自転車のチェーンロックを解除し、涼子はペダルを踏み込んで走り出した。

(いつもより、速く、速く。

なるべく、速く。

早くアパートの部屋に着かないと)

彼女のなけなしの頑張りは、残念ながら実らなかった。途中の信号で足止めをくらったとき、涼子の視界がぶわりと歪(ゆが)んだ。まるで、子供の頃プールの底にわざと沈んで、下から上を見たときみたいに。

水の上の風景は、水の中からでははっきり見えない。

(ああ――だめだ――自転車、漕げないや――)

信号が変わり、涼子は自転車を降りて、歩行者にまぎれて自転車を押しながら歩いた。

とぼとぼと歩きながら、涼子はぼんやりと思う。

(今が、夜でよかった。

すれ違う人はほとんどいない。

こんな情けない姿を見られないで済む)

涼子の目から、涙がぼとぼとと流れ落ちていった。ぽろぽろなどと、そんな可愛(かわい)いものではなく、ぼとぼとと、もしくはだーだーと。

涼子の心は、叫んでいた。声にならない分、心の中で春の嵐のように轟々(ごうごう)と音を立てて感情が思考をかき乱す。

お祖父(じい)ちゃんが死んだ。

大好きなお祖父ちゃんが死んだ。

私は、薄情な孫だ。

ごめんね、お祖父ちゃん。
ずっと帰らなくてごめんね。

涼子は、アパートに到着するまで声を出さなかった。彼女はそんな自分を褒めてやりたいと思った。

古い二階建てアパートが、現在の彼女の住居だ。そのアパートの駐輪場に自転車を停めて、二階への階段を駆け上がる。こんなときも、涼子は無意識に他の住人から苦情が来ないよう足音にも気を遣った。

早くドアを開けたいというのに、震える手では鍵が上手く鍵穴に入らない。少しだけカチャカチャと金属音がして、ようやく開いたドアに体を滑り込ませる。

入ってすぐにドアを閉めて鍵をかけると、涼子は靴を揃えることもなく足から放り投げるように脱いだ。狭い流しや調理台があるキッチンもどきを通り抜け、電気もつけずに六畳のフローリングの床に身を投げる。

いつもより階下の部屋に音が響いたかもしれないが、涼子が身を投げた先はクッションの上だった。こんな時でも気を遣う自分を、今夜の涼子はいつものように小心者で情けないとは思わなかった。

それどころではなかった。

何故なら、今、涼子の小さな世界には、痛々しいほど新しいひびが入っているのだから。

なんとか身を起こすと、羽織っていたコートを丸めてクッションの上に置き、そこに顔を埋めて、ようやく涼子は声を出して泣き始めた。

慰めてくれる者はいない。それが、彼女が自分で選んだ生活だ。

だから、涼子は一人で泣いた。

何度も何度も、ごめんなさいという言葉を、泣き声の中に交ぜながら。

火の気のない寒い部屋で、涼子は体を温めるよりもまず泣いた。


仕事中に彼女の携帯に届いたメールは、八つ上の姉からだった。

『今朝、お祖父ちゃんが亡くなった』

休憩時間中、涼子が呆然としてろくに食事もお茶も摂れなかったのは、その文面のせいだった。

いつかこんな知らせが届く。そんな予感はしていた。

以前一度軽い脳梗塞を起こしていた祖父の健康は、彼女が実家の佐渡を離れているうちにどんどん悪くなっていった。

帰ってこれない？　と問う姉。

家出したようなものなのに？　と答える涼子。

お祖父ちゃん、ずっと待っているのよと姉に言われて、彼女の決心が少しだけぐらつく。

しかし、戻ったところで父や母から、何しに帰ってきたと罵倒される図が、涼子の中で容易に想像された。こんな娘はうちの子じゃない、親不孝者と、涼子を罵る言葉は次から次へと止まらないに違いない。

祖母は、さすがに言葉には出さないだろう。だが、悲しそうな表情を浮かべて彼女と両親の不仲を見守ることになるはずだ。

家族に嫌な思いをさせる自分が、どうして実家に帰ることができるだろうと思い、涼子は今まで帰郷を先に先にと延ばしてきた。

その結果がこれなのだ。

祖父の死に目に立ち会うことができなかった。生きているうちに、一目だけでも会って安心させてあげられなかった。

お祖父ちゃんの孫の涼子は、コンビニで働いていて一人でしっかり生きてるよと言ってあげられなかったことが悔やまれる。

しっかりというのは、語弊があるかもしれない。余裕のある生活ではないのだ。ぎりぎりの生活で、楽しいことなど一つもない状態でどうにか生きている、という方が、現実の彼女の姿を正確に表現している。

それでも、彼女は一人で生きている。自分の力で生きている。少しは貯蓄もできているから、本当に大丈夫だよと、伝えられなかった。

バイト先の同僚は、休憩時間後の涼子の態度が明らかに変わっていたことに眉を顰めたが、客の前でいつもの愛想笑いを顔に貼り付けていた涼子を、あえて追求することはなかった。

強張りがちな笑みを浮かべながら、涼子は思った。

(こんなときに役に立つなんてね。

実家の旅館の手伝いで、厳しく言われてたこと。

お客様には笑顔で挨拶。

一期一会、そう思って心を尽くすようにって)

コンビニでいちいちそんなことと思いつつ、どんなに疲れていても、どんなに心の中で泣いていても、涼子は顔だけは笑顔にすることができた。そういう意味では、両親の教えも無駄ではなかったのかもしれない。

ただ、仕事が終わってしまえば、涼子の笑顔の力も霧散する。だから、仕事の間中、彼女は自分の心をずっと奮い立たせた。

（今夜は泣くんだ。

ずっとずっと泣くんだ。

お祖父ちゃんに謝りながら泣くんだ。

大好きだよって言いながら、会いたかったって言いながら、ごめんねって言いながら。

今夜は泣いて泣いて泣いて。

明日もまた、コンビニで笑うんだ）

その一心で歯を食いしばるようにコンビニのシフトを最後までこなし、帰宅した彼女の涙を止めるものはもうどこにもなかった。

誰もいない暗い部屋の中、涼子の振り絞るような悲痛な声がクッションやコートでも抑えきれずに響いた。


翌朝、涼子の目がぱんぱんに腫(は)れて、声も嗄(か)れ、接客業としてはアウトなほど無様な状態であったのは、言うまでもない。

「どうしたの、涼子ちゃん！　風邪？　いや、その目だと、花粉症？」

コンビニのオーナー兼店長の田村(たむら)が、涼子の顔を一目見て仰天する。

「すいません、ちょっと身内に不幸があって」

涼子がそう言うと、田村の表情が、分かりやすく曇った。

「それは……ご愁傷様だったね。あー…てことは、お通夜や葬儀があるし、涼子ちゃんの実家は確か佐渡で…」

ご愁傷様という言葉も田村の本心だろう。だが、店長として彼が一番心配しているのはバイトの欠員だった。

ここは、全国チェーンのコンビニエンスストア、サンズファーム紫竹山店。サラリーマンをしていた田村が、四十歳で退職して始めた店だ。

朝夕は非常に混雑する道路に面し、立地もよく、駐車場も十分広い。

新潟市は、日本海側有数の都市だとか、政令指定都市だとか言われてはいるが、都会のように地下鉄が通っているわけではないし、交通の便も決していいとは言えない。そのため、車を持っているか否かは、結構重要なのだ。

通勤でも家族での外出時でも車が多く使われ、そのため駐車スペースが求められる。だから、商業施設として所有している駐車場が広いというのは、ポイントが高いということになる。

そんなサンズファーム紫竹山店で働く涼子は、田村から戦力になる貴重な人材だと思われていた。

二十四歳で、体もよく動くし飲み込みもそう悪くない。時間の自由も利くので、他のバイトが来られなくなったとシフトに急に穴が空いてもそこに入ることができるし、何より接客業の経験がある。

経験と言っても、故郷で実家が旅館を開いていて、そこの手伝いをしたことがある程度のもので、本格的なものではないが。

(生家の仕事が旅館だとなー。

給料のいらない従業員だったしなー、特に夏)

完全にボランティア、お手伝いの域を出ないが経験は経験である。

そんな涼子が急に休むと言い出すと、田村は困ったことになる。彼女以上に時間や曜日のチェンジが簡単にできる従業員が、あまりいないからだ。

涼子が簡単に時間を変更できる理由。

それは、彼女がコンビニのバイトに生活のすべてを賭けているからであり、少しでも多く稼ぎたいという気持ちがあるからだ。さらに、独り暮らしで面倒を見なければならない家族などいないからということも理由になる。

そういうわけで、表情を曇らせた田村に、涼子はあっさりと言った。

「あ、帰りませんから大丈夫です。シフト、そのままで」

「え。いや、しかし」

「父とか母じゃないんで、大丈夫なんですよー。とりあえず、マスクだけつけときますね。目は、ぎりぎりまで自宅で冷やしてましたし、そのうち治りますから」

そう言って、涼子はさっさと制服に着替えてマスクで顔の下半分を覆ってしまった。そのまま店に一歩足を踏み出したら、仕事開始だ。

時間帯が一緒の他の同僚からも驚かれたが、それほど詮索はされなかった。

今日同じシフトの同僚が、あまり涼子と頻繁に組むことのない人たちで、馴れ馴れしく追求してくるような人たちではないことが、涼子の救いだった。

自動ドアが開いて、ピンポンと来客を告げる電子音が響く。

「いらっしゃいませー」

夕べから心に入ったひびはちっとも小さくなってはくれなかったが、涼子は快活な声を出した。目も腫れた酷い顔のままだが、涼子は笑顔を作った。

マスク越しに、涼子はいつもの愛想笑いだけが上手な女になった。


葬儀が終わって数日後、涼子のアパートの部屋に荷物が届いた。

「ええと、九条涼子さんで合ってますか」

宅配便の配達員が、伝票に記された涼子の名を読み上げて、顔を見る。

「はい。九条です」

「じゃあ、ここにはんこを…はい、ありがとうございました」

忙しそうに階段を駆け下りていく足音を聞きながら、涼子は受け取った段ボール箱を手にしばし立ち尽くした。

姉から荷物が送られてきたのは、これが初めてではなかった。

こっそりと、両親に知られないように、食料や日用品などが年に一度姉から涼子宛てに送られてきている。

何歳になっても、私は姉に心配をかける不出来な妹なんだなあと涼子は思いつつ、送られてきた食料をありがたくいただいてきた。

しかし、今日の荷物は違う気がすると、涼子は受け取った箱を手にそう感じた。

なんと言っても、祖父の葬儀から日がそれほど経っていない。しかも、荷物の大きさがいつもの半分以下で軽い。

涼子は、箱をフローリングの床に置くと、頑丈に貼られていたガムテープを剥がした。

段ボールの蓋を開けると、中から出てきたのは古びた箱と手紙だった。

白い封筒の表には、『涼子ちゃんへ』と達筆な字で涼子の名前が書かれていた。それは、姉からの手紙だった。

祖父の最期の様子や葬儀の様子、涼子が帰ってこられなくて残念だったこと、祖父の遺言が、事細かに書かれている。

『涼子はお祖父ちゃんの自慢の孫だ……涼子は誰よりもいい子だ』

それが、祖父の最期の言葉だと手紙に書いてあり、涼子は涸れたはずの涙が目の奥から湧いてきそうな感覚に、うぐ、と唾を飲み込んで堪えた。

そんなわけがないと思う。

涼子からすれば、自分は旅館の仕事をしたくない一心で親を騙し、大学の学費を出させて、あげくに卒業後の約束を反故にして佐渡に戻らず、勘当同然になっている馬鹿娘なのだ。

（みそっかすだからなあ、私）

十歳上の兄は、塾にも行かずに通っていた高校始まって以来の好成績で東京の大学に進学、今は官僚と呼ばれる仕事に就いている。できがよすぎる息子を、両親はそれはもう自慢に思い、兄にどうしても帰ってこいとは一度も言わなかった。

代わりに、八歳上の姉と涼子に、実家の旅館の仕事をしろと言ってきた。

涼子の姉は、兄に似て学校の成績がよかったのに、旅館の仕事が好きだからと大学に進学しなかった。高校卒業直後から旅館で働き始め、今はお婿さんをもらって周囲も認めるれっきとした旅館の後継者となっている。

でもって私、と涼子は思う。

成績は中の中、頑張っても中の上。

旅館の仕事は大嫌い。

年が離れた兄や姉とは全然違う。こんな風に生んで育てたのは父や母だろうに、その優秀な兄や姉と比べられて、彼女は毎日が嫌だった。

姉はいつも庇（かば）ってくれたし、離れたところに住んでいる兄も、涼子が自由に仕事を選んでいいと言ってくれた。

涼子が大学に進学したいと言い出したとき、渋る両親を説得してくれたのも姉だった。両親からの信頼が厚い姉のおかげで、どうにか大学への進学を許してもらえた。できれば遠い他県の大学に行きたかったが、遠い大学でなければならない理由はないだろうと、佐渡との間に航路のある新潟市内の大学しか認めてもらえなかった。それでも、旅館から離れ、佐渡を出ることで、親と距離を置く涼子の計画は一歩前進したと言える。涼子は大学生活の四年間、就職に有利な資格をとるよりバイトして貯蓄することに時間を費やした。

ただ、それから先の将来の夢はなかった。

どうしても就きたい仕事はなく、熱意もない。あるのは、旅館を継ぎたくない、佐渡には帰りたくないという執念のようなものだけだ。

気がついたら、就職も決まらないまま、卒業だけを無事に迎えていた。当然佐渡に戻ってくると思っていた両親に、戻る気はないと初めて明かすと、電話で怒られ詰られ、連れ戻しに行くとまで言われたので、学生用のアパートから既に目星を付けていた安アパートに引っ越した。大学時代にバイトでお金を貯めたのは、このためでもあったのだ。就職しようとしなかろうと、大学卒業とともに引っ越すことになるだろうし、当座の生活資金も必要だと涼子は予想していた。両親からの金銭的援助は一切なくなるのだから、お金はいくらあっても足りない。

引っ越したあとも、当然のことながら、両親に新しい住所は知らせなかった。

携帯電話も解約して、格安プランを掲げている別の携帯会社に替えた。念のために、姉だけに新しい番号と住所を教え、ごめんなさいと謝った。姉から、なんとなくそんな予感はしていたのだと言われたときには、それでも私を家から出してくれたんだと、改めて姉に感謝した。後でこっそり兄にも番号を教えておくわねと言われ、涼子はもう一度心から姉に感謝した。親よりも姉の方が、私のことを理解してくれている。

その後、兄からは一度だけ連絡が来た。もっとうまくやれとか、自分も実家を出た身だからおまえが自立するなら口出しはしないとかそんな内容で、親を騙した涼子を責めるものではなかったのがありがたかった。

姉も兄も、本当に両親に黙っていてくれたらしい。涼子のところに両親から直接連絡はなかったし、連れ戻しにも来なかった。のちに姉から、祖父が涼子の好きなようにさせてやれと言ってくれたと聞かされた。

　こんな家出まがいの騒動を起こした私だというのに、兄も姉も祖父も、よくもまあこんなできの悪い子を庇ってくれるもんだと、涼子は罰当たりだと知りつつも幾度も思った。

　その祖父は、兄や姉のことも可愛がっている優しい祖父だったが、涼子のことをことさら甘やかしてくれていたように記憶している。

　それほど大切にされていながら、まだ家にいた頃から涼子は、自分が家族で一番劣っている可哀想な子だったから優しいんだろうな、などと一人で決めつけていた。今振り返ってみても、可愛げのない子だったと、涼子は思う。

　だから、祖父が自分に対し『自慢の孫』で『いい子』などと遺してくれた言葉を、涼子はどうしても相応しいとは思えなかった。

　感傷に浸りかけた涼子は、気を取り直して姉の手紙の続きを読む。

『お祖父ちゃんが涼子を心配して、自分が死んだらこれを涼子に渡してくれって残したものがあるの。我が家の家宝だとか言っていたけれど、価値は分からないの。形見として取っておいてもいいし、涼子の生活が苦しかったら売ってもいい。もう涼子のものだし、涼子のためになるなら売ってお金に換えてもお祖父ちゃんは本望だと思うわ』

そんな風に言われて、ほいほいと売れるわけがない。

大学進学は許されたものの、四年経って卒業したら佐渡に戻って旅館を手伝うことが条件の進学だったから、それに対して後足で砂を掛けるような真似をするには、彼女にもそれ相応の覚悟もあった。

旅館を捨てることで両親から絶縁を言い渡されることも覚悟して、大学時代は必死でお金を貯めたが、世間知らずの涼子にどれくらいの貯金があれば十分か分かるはずもない。案の定、卒業後の新生活で、貯めていたお金はほとんど使い果たしてしまった。

今は、切り詰めればそれなりに生活できるし、貯蓄だって少しずつはできている。だから、せっかく送ってもらった祖父の形見は、売らずにどうにか取っておきたかった。

涼子は、姉からの手紙を置くと、段ボール箱に入っていた古びた木箱を取り出した。表書きの字はいつの時代のものか、まったく読めない。家宝らしいと言えばらしいのだが、旅館に出入りしていた子供時代から今まで、こんな箱は見たことがなかった。

祖父いわく、実家の家宝。

そんなものが涼子の元に送られたと知ったら、両親はさらに怒るんじゃなかろうか。厄介だなと思った涼子だったが、それからすぐに、いやいや、あんなところはたかが旅館、しかも小さな。そんなところの家宝って言ったって、ろくなものがあるとは思えないじゃないかと考え直した。

（でも、でも、もしもその昔、客が宿泊代の代わりだと置いていったもので、今は非常に価値があるものだったとしたら？

佐渡と言えば金山だから、金を使った何かだとか？

どうかなあ。どうだろう）

捕らぬ狸（たぬき）の皮算用という言葉が当てはまるようなことを考えながら、涼子はそっと木箱の蓋を開けた。

中身は、紙で幾重にも包（くる）まれていて見えない。

傷をつけないよう、丁寧に紙を広げていくと、何やら見覚えのあるようなものが。

「……これ、トンカチ？　金槌（かなづち）……じゃないし、木槌……じゃないし、ええと」

（なんだっけ、ほら、七福神の誰かが持ってなかった？）

昔は装飾として金やら鮮やかな色やら付いていたのだろう。今はほとんど剥げて、あまり綺麗とは言えないそれの柄（え）らしきものを、涼子は持ってみた。

「あ、なんかしっくりくる」

初めて手にしたというのに、それは重すぎず軽すぎず、太すぎず細すぎず、彼女の手に馴染んだ。

そして、同時にこれにぴったりな言葉が、彼女の脳内に浮かんだ。

「打ち出の小槌……って、一寸法師に出てくるやつだよね」

子供のころに読んだ絵本に出てきたものに形が似ているんだと、涼子はようやく気づいた。

当時の絵本のそれがどんな色だったかなんて、そんな細かいことまでは覚えていない。

ただ、手に持ってみて、涼子は何故だかこれが打ち出の小槌なのだと思えた。

「どこの民芸品？　まさか、国宝級とか言わないよね？」

もしかして、歴史上貴重な作品なのかな、高名な芸術家の作品なのかな、もしかして本物だったりしてと、涼子はまじまじとその小槌を見つめた。

試しに軽く振ってみてから、涼子はあることに気づいた。

「願い事……」

打ち出の小槌は、振る者の願いを叶えるものではなかっただろうかと。

それに気づいた時、真っ先に涼子の脳内に浮かんできたのは、生前の元気な頃の祖父の姿だった。

思わず祖父に会いたいと願いそうになり、涼子はぐっと唇を噛む。

（今の私は、安定しているとは言い難い、お祖父ちゃんには心配をかけるような生き方しかできていないもの。

旅館を継がないという初志だけは貫徹しているけれど、はたして今のこの生活が本当に望んだものかどうかなんて、胸を張ってお祖父ちゃんに言えない。どんな顔で会えばいいのか分からないよ)

祖父に会うという願い事が無理なら、それならばお金持ちになりたいかなと涼子が考えていると、突然箱から、何やら音がした。

ガサガサ

ガサガサガサ

その音を耳にした涼子に、思わず緊張が走る。

(もしや、虫でも入っていた？　そう言えば、昔押し入れから大きなムカデが出てきたことがあったたっけ。

古そうな箱だし、あり得る！)

もしもムカデだったら一撃で仕留めてやると、涼子は小槌を置くと近くにあったフリーペーパーを手に取って丸めた。涼子は新聞をとっていないし、特定の雑誌を購入しているわけでもないから、他に叩ける手頃そうなものが咄嗟には見当たらなかった。コンビニに置いてある無料のものを、見て楽しむだけでもと思って持ってきておいてよかったと、心から思った。

構える涼子の目の前に、それは突然飛び出してきた。

ひっと叫びそうになった彼女の前で、虫が動きを止める。いや、虫……虫？

「ようやく目覚めたわ！　打ち出の小槌と共にでなければ眠りから醒めることができぬとは、住吉のやつめ……」

虫ではなかった。

涼子は、自分の前に現れたものを、まじまじと観察した。

着物に袴という格好のすごく小さな男が、涼子を見上げている。

（これって人形じゃなくて人間よね？　しかも、男の子……ううん、男の人？　子供じゃない、大きさから言ったら、子供どころじゃない。うーん……およそ十センチくらい？）

そこまで考えて、涼子はそんなことは有り得るはずがないと気づく。

（これって……夢？　夢じゃなかったら、私がおかしくなった？）

固まっている涼子を見上げて、小さな小さな男はすごくびっくりした顔になった。

その顔立ちがあまりに整っていて涼やかだったので、涼子は（悔しいことに、こんなに小さいのにイケメンだって分かる、見た目の評価って体の大きさに影響されないのね）などと妙に感心した。

そんな彼女を、小さな男がじーっと見つめていた。

（そりゃそうよね、向こうからしてみれば巨人みたいな女が自分を叩き潰そうと構えているわけだから。目が離せないって言うか、警戒もするわ）

というか、これは夢なのではないかと涼子が自分の頬（ほお）を引っ張ってみようかと思っていたら、その男は彼女に向かってこう呼びかけた。

「姫！」

（姫？　姫って言った？　姫？）

（…………）

（…………姫ぇぇぇぇ!?）

これが、九条涼子と一寸法師ならぬ三寸法師との出会いだった。

其の一

一寸法師は復讐に燃える

九条涼子は、佐渡島（さどがしま）出身だ。

実家は、代々旅館を営んでいる。

その名も「くじょう旅館」、小学生のとき、男の子たちから「苦情旅館」と言われてさんざんからかわれた嫌な記憶が残っている。子供って残酷だと、涼子はしみじみ思う。

代々営んでいると言っても、それほど由緒正しいというわけではない。涼子の曾祖父と曾祖母が始めた、くらいの古さだ。

最新設備があるわけでもない小さな旅館だが、案外経営は順調だった。何故なら修学旅行生を貸し切りで受け入れるのに、ちょうどいい大きさだったからだ。

しかも、周囲は海と民家がぽつぽつあるだけ。繁華街も、コンビニだの飲食店だのもない。生徒が旅館から抜け出しても、楽しめそうなところなど何一つとして周囲にないのだから、学校側としてもありがたい旅館であったに違いない。

旅館の周囲は岩場ばかりだったが、夏は釣り人や県内外から旅行者も来て、そこそこは客の入りがあった。

そんな旅館稼業が、涼子は大嫌いだった。

祖父母、両親、ともに旅館の仕事が優先。家族経営みたいなものなのだから、そこは仕方がないとしか言えない。

人手がいるときは近所の人たちに頼み、頼まれた方は臨時収入が入るから喜んで引き受けてくれる。それくらいの規模だったので、家族は毎日忙しく働き、涼子たち子供の学校の行事はことごとく欠席だった。

参観日も来ない。

運動会も来ない。

文化祭はかろうじて父か母が来てくれたこともあったが、作品だけ見てさっと帰る。

土曜日や日曜日の行事は、涼子にとっても十歳上の兄にとっても八歳上の姉にとっても、親との思い出などほとんどないものだった。

お弁当一つをとっても、不満しかなかった。

旅館をやっているのだから、涼子たちは厨房で豪華な弁当を作ってもらっているんだろうと何度同級生から羨ましがられただろう。それが煩わしい時期もあった。

もちろんそんなわけもなく、むしろ他の子たちの方が美味しそうな手作り弁当を持たせてもらっていた。

旅館のすぐ隣に自宅が建っていて、涼子たち家族はそこで暮らしていた。朝食時間は、子供たちが食べる時間と旅館の客の食べる時間がどうしても重なる。そんな忙しい朝に、子供たちの弁当にそうそう手間暇かけていられるわけがなかった。

かといって、今よりお弁当用の冷凍食品が充実していたわけでもなく、自然とお弁当の中身は限られてくる。卵焼きとウインナーの他は、昨日の夜の残りの煮物や焼き魚。

その程度だった。

家族で囲む賑(にぎ)やかで温かな団欒(だんらん)の記憶は、ほとんどない。

ああ、うん、食べ物の恨みっていうわけでもないけれど、食事に関する記憶はどうしても残るよねと、涼子は佐渡を離れた今も、何度も食事にまつわる寂しさを繰り返し思い出すことになった。部屋で残り物を温め直して食べている時も、バイト先の事務所でパンをかじっている時も、不意に甦(よみがえ)るのだ。

だが、それよりもっと嫌だったことは、別にあった。

「涼子。結婚しても、この近くに住んで旅館を手伝ってほしいの」

そう母に告げられたとき、涼子は将来に絶望した。

旅館の子に生まれたら、旅館を継がなきゃいけないの？

他の旅館の子もそうなの？

私、旅館の仕事、好きじゃないのに？

自由ってないの？

きっと、母は涼子がそんな風に思っているなんて気づかなかっただろう。

当時の涼子には、将来の具体的な夢などなかった。なってみたい職業を聞かれても、全く答えられなかった。学校で友達が、お花屋さんだのケーキ屋さんだの保育園の先生だのと楽しげに話している横で、涼子は暗い顔をしたまま黙り込むばかりだった。なりたいものなどなかった。

成績は平均。運動も同様。音楽のセンスも絵心もない、英語も不得意。

他の子よりできることといえば、旅館の手伝いに駆り出されることがあるから、客相手に丁寧にきちんと挨拶をすること。

それくらいしか、彼女は人に誇れるところがなかった。

挨拶って職業があったら、それをやるわなどと、有り得ないと分かっていてもつい考えてしまう涼子だったが、ただ、旅館の仕事をするのは嫌だと、それだけは彼女の中で譲れないものになっていた。だから、高校に進学したときに、親に訴えたのだ。

高校を卒業したら大学に行きたい。四年間勉強したら、帰ってきて旅館の仕事を手伝うから、と。

渋い顔をする両親を説得してくれたのは、姉だった。祖父も味方をしてくれた。

姉は、涼子以上に寂しい思いをしていたはずなのに、何故か旅館の仕事が好きで、積極的に手伝うようになっていた。高校を卒業して、すぐに旅館で働き始めた姉は、明るくてきぱきとよく働き、旅館では絶大なる戦力になった。

学校の成績が自分より格段によかった姉が何でだろうと、涼子は不思議に思っていた。姉こそ他になりたい職業が山ほどあったのではないかと。

本格的に旅館の仕事を始めてくれた姉に、両親が期待を寄せるのは当然であった。その態度に、涼子はますます自分など姉の足下にも及ばないみそっかすだと思い込み、劣等感を抱く。旅館が嫌いで、勉強もそんなにできなくてとなれば、お父さんもお母さんも自分に期待するわけないよねと心のどこかでは納得していたのだが、それでも辛いものは辛い。

そんな涼子が大学に行きたいとごねたときに、自分がいるから涼子の願いを叶えてあげてと姉が親に頼み、外の世界を見てくるのも勉強になるからと祖父も許してくれたのだ。

この二人がいなかったら、涼子は今ここにいなかったに違いない。佐渡の古い旅館で働きながら、親を恨み兄姉を羨み自分を貶め、じめじめと腐る人生を送っていたかもしれなかった。

佐渡が悪いのではない、自分の境遇を愛せない自分が悪い。そんなことは、涼子とて百も承知だ。

旅館から、家族から、佐渡から逃れるように、涼子はカーフェリーに乗り新潟市に来た。

大学は、教育学部を志望した。小学校の先生にでもなる気かと、またしても親に嫌な顔をされてしまった。

新潟県は細長い県で、山形県境から富山県境まで非常に距離がある。さらに、福島県、群馬県、長野県とも接していて山間部の学校も多い。公立の学校の先生になると、最初は希望を聞かれずに田舎の小さい学校に勤務するよう言われることもあると、高校の進学指導の教師から説明を受けていたので、両親はそれを嫌がったのだろう。佐渡に戻れるのは、何歳になるか分からない。

親は親で、経済学部にでも入って旅館経営を支えてくれれば、などと勝手に考えていたらしい。そのことを、姉が涼子に教えてくれた。

だから涼子は、旅館に泊まりにくる子供たちの扱いの腕をあげるためとかなんとか、適当なことを言って親をどうにか宥(なだ)めた。

大学に通う理由をでっちあげるためとはいえ、自分の二枚舌はすごいなと、涼子は今でも思う。

どうせ四年間だと高を括(くく)っていた両親を騙すのに、良心が痛まなかったわけではない。

そして、その後はこの生活に繋がるわけだ。

涼子が、何故そんな過去のことをつらつら思い出しているかというと、その実家の旅館から送られてきた祖父の形見の箱を開けたら、虫みたいな小さな男の人が出てきたからだ。

それを見た涼子が何をどう考えたらいいのか分からなくなり思考を停止していたところ、その小さな男性が「姫！」などと話し掛けてきた。

「姫！　この法師めをお忘れか！　おのれ、住吉の神め、どこまでも卑劣な……！」

小さいのに、すっと通った鼻筋だとか、切れ長で少し吊り気味の目だとか、太くも細くもない形のいい眉とか、とにかく顔がいいということは分かる。イケメンって凄いなと、涼子はこの状況についていけず、ぼんやりと思った。

髪を後ろで束ねているから、きっと長髪なのだろう。そのイケメンな小さい男は、端整な顔を歪ませて、怒っていた。ぎりぎりと歯ぎしりが聞こえてきそうな形相にみるみる変わっていく。

（私、夢でも見ているのかなあ。

でも、何だかすごく現実味があるんだけど。

それにしても、子供の頃に遊んだ人形より小さいなあ。女の子の人形でお姉ちゃんのお古だったけど。

黄緑というより抹茶みたいな色の着物……いや、袴も穿いているよね。なんか黒っぽいんだか汚れているんだか、とにかく私が知っている袴よりも丈が短くて裾が絞ってあって動きやすそう）

こんな状況で、涼子が現実逃避したとして、誰が責められるだろう。そして、涼子ははたと気づいた。

（この人、自分のことを法師って言った？）

「あの……法師って……何？」

こわごわ尋ねてみると、その男のリアクションは非常に激しいものだった。

「なんと、姫は俺のことが分からぬとな？　あれほど法師法師とお声をかけてくださったと言うのに！　やはりこの身が小さいのがよくないのだな！　さあ、姫！　その小槌を振って、俺の体を大きくしてくだされ！　そうしたら、今生こそは姫と結ばれて、他の奴らを全部ぶっ殺してやる！」

ぎゃあぎゃあ喚く小さな男の言葉に、涼子はまたしても驚かされる。

（今、とんでもなく物騒なことをさらりと言わなかった？

他の奴らっていうのが誰と誰のことなのかは分からないけれど、殺すとか何とか。

それと、私と結ばれるって？

どういうこと？）

涼子が黙っていると、しびれを切らした男は体格の割に力持ちらしく、小槌の柄を持ち上げて、彼女の方に向けた。

「さあ！　姫！　それを思い切り振って願いを！　一寸法師を、大きくしてくださいとお願いしてくだされ！」

……一寸法師……一寸……て、あの有名な――？

嘘――！

「さあ！」

「ぎゃあああああ！」

動かない涼子に痺れを切らし、自称一寸法師は小槌の柄から手を放すと、彼女に向かって思い切りジャンプした。それこそ、ちょうど彼女の顔の高さに。

その動きは、台所の黒い悪魔と呼ばれるあの害虫を連想させた。人間が攻撃しようという気配を察知して向かってくる忌々しいそれと同様に、一寸法師が顔めがけて跳んでくる――。

涼子が条件反射で動いたことは、誰にも責められないだろう。

彼女は、まだ手に持っていたフリーペーパーを、思い切り振り降ろしてしまった。

「ぎゃふっ！」

丸めたフリーペーパーに、小さい何かが当たった感触。

(知ってる、これ知ってる、やっぱり悪魔だ)

ただ、あの黒い生き物と違うところは、ヒットしたにもかかわらず、空中で体勢を整え、どうにか近くの座卓に着地したことだった。

「姫、酷いではないか！」

そう言って一歩踏み出した一寸法師は、涼子が片付けておかなかったテレビのリモコンに足の指を打ち付けて、苦痛の呻き声をあげてしゃがみこんだ。

その姿に、思わず涼子は手を差し伸べそうになる。

(この場合、ごめんねと言えばいいんだろうか。

痛いよね、小指の爪先をタンスやテーブルの脚の角にぶつけると、悶絶するもん。

いや、でもこれ自業自得？　人の顔に向かっていきなり跳んできたのは一寸法師の方で、これは事故みたいなものだと考えれば)

それと、分かったことがひとつ。この一寸法師を名乗る小さな男、力持ちだけれどそれほど強くない気がする。

(これ、注意して扱わないと、潰しちゃうパターンかなー。

さすがにそれはグロい、人間の体をしているんだから、できれば圧死とかその後始

末とかは避けたい）

　そんなことを考えていると、一寸法師はきっと顔を上げ、再び涼子に訴えてきた。

「姫！　分かっている、先ほどは突然のことで動揺したのだろう？　俺のことも忘れているようだから、そこは俺の復讐（ふくしゅう）対象にしないでおいてやる」

　復讐対象。

　どうしてこうも殺伐とした言葉が、一寸法師の口からぽんぽん飛び出してくるのだろう。

　一寸法師と言えば、お姫様を鬼から救って大きくなって結婚したヒーローではないだろうかと、涼子は昔絵本で読んだ内容を思い出そうとした。

　本を子守代わりに与えられて、兄と姉が読み、最後に彼女のところに回ってきたときは、何だか汚れてシミもついているような本ばかりだったが。そんな本に興味を持てなかった涼子は、桃太郎だの浦島太郎だのの昔話の絵本を何冊か読んですぐに読まなくなった。

　ただ、一寸法師の本だけは何故か特別で、死んだ祖父が時間を見つけては何度か読んでくれたような記憶があった。もしかしたら、祖父は将来彼女がこんな目に遭うのを予想していたのだろうか。

　一瞬そう思った涼子は、そんなことはないと首を振る。

(有り得るわけがない、お祖父ちゃんはどこにでもいるお祖父ちゃんで、未来予想なんてものはできなかったはず)

「さあ！　姫！　とっとと昔の記憶を思い出して、俺と結ばれようぞ！」

一寸より幾分大きい自称一寸法師は、テレビのリモコンに足を掛けると、またジャンプの体勢になった。

「あのね……結ばれる結ばれるって、さっきからうるさい」

涼子は、一寸法師の前に親指と人差し指を丸くして差し出した。

それを見た一寸法師は、彼女が手を差し伸べたと勘違いしたのか、おお、と両腕を広げてその指に抱き付いてこようとする。

その頭を、涼子は何の遠慮もなく人差指で弾かせてもらった。いわゆるデコピンである。

ただし、人間にはちょっとしたおふざけ程度の威力であっても、小さな一寸法師には丸太で殴りつけられたくらいの衝撃だったらしい。

「ぐきゅうぅぅぅぅ……」

変な声をあげて、座卓の向こう側に落ちていった。

しばらくしても復活してこないから、遂に殺人を犯してしまったかとびくびくしながら、涼子は四つん這い(ばい)になり、そーっと覗(のぞ)きにいった。

心配したような気色悪い光景はそこにはなく、一寸法師はフローリングの床の上に大の字になって倒れていた。うう一と呻いているところを見ると、死んではいないらしい。

どうしようと悩んでから、涼子は恐る恐る一寸法師を摘まみ上げ、持っているハンカチの中でも大きめのタオルハンカチを座卓の上に広げてそこに寝かせた。

ただし、目が覚めたら急にまた暴れたり飛びついたりしてくるかもしれないから、きょろきょろと周囲を見回して対策を考える。

最終的に思いついたのは、ゴミ出し予定だった二リットルサイズのお茶のペットボトルの底を切り、そーっと上から被(かぶ)せることだった。

(蓋の部分は開いてるし、息はできるよね。

うーん、昔二酸化炭素は重いから沈むって聞いたような気がするから、長い間閉じ込めておくと死んじゃうかな、酸欠で。

けど、そもそもちゃんと呼吸してるの、一寸法師って)

まるで理科の実験のように、涼子はそのまま意識のない一寸法師を観察した。

(一寸法師って、鬼を退治して打ち出の小槌で大きくなって、超かっこいい青年になってさ、姫と結婚して偉い人になったんじゃなかったっけ。そもそも、姫は偉い人の娘だから姫なんだし。

……うん、顔は良い、こうしてうなされていてもかっこいいイケメン。伸びた髪を後ろで縛っているのも、テレビの時代劇で見るような侍のハゲのある髪型じゃなくて、なんかかっこいい。

（そう、イケメンめ、かっこいいって言葉しか出てこないじゃないか）

襲ってくるのでなければ、観賞に値する美青年である。

起きたら行動を説明してもらわないとと思いながら、一寸法師が目覚めるまでの間、涼子はずっとその外見を観察させてもらった。

「む……うう……一体何が……」

時間にして十五分ほど。ようやく目を覚ました一寸法師は、痛むのか頭や腰をさすりながら体を起こした。

そうして、自分の体の下に敷かれたタオルハンカチに気づいた。

「なんと、雲のように柔らかくふわふわとした布であることか。しかも、いい香りがする。少々きついが」

「きつくて悪かったわね。フローラルな香りの柔軟剤を使ったからだもん。セール品で香りを選べなかったのは事実だけど」

香りがきついというのは、涼子もそう思っていたので、文句はつけなかった。

タオルハンカチの感触を確かめた後、ようやく一寸法師はペットボトルの中に閉じ込められているのが分かったらしい。

そして、外から涼子が見ているのも。

「おのれ……私をこのような目に遭わせるとは！　姫であっても容赦せんぞ！　この身が十分大きくなった暁には、姫を存分に躾けてくれる！」

誰が。

誰を。

躾けるだと？

一寸法師の言葉に、涼子はカチンときた。

「あーそー……これを振ったら、大きくなれるんだっけ」

涼子は、打ち出の小槌の柄を持ち、一寸法師に見せた。ペットボトルの中で、一寸法師が目を輝かせてぴょんぴょん跳ねる。

「姫！　やっと分かってくださったか！」

「分かったかも。これは夢かもしれない、夢だと思う、一寸法師が本当にいるなんてきっと夢なのよね」

「ひ、姫……？」

初めは喜んだ一寸法師も、涼子の声の調子に不穏なものを感じたらしい。警戒した様子で、彼女を見上げた。

「けど、夢だとしても、身の程知らずで脅迫紛いのことを言われたら、やっぱり野放しにはできないよね。ここはいっそ打ち出の小槌でもっともっともっと、砂粒より小さくして、風に吹き飛ばしてもらうのが一番なんじゃないかって」

「ま、まままま待て！　姫！　待つのだ！　待って！　お待ちくだされ！　俺が悪かった！」

さすがに涼子の本気を感じ取り、一寸法師は血相をかえて謝ってきた。その姿に、涼子は溜飲を下げた。

(それくらい熱心に謝ってもらわないとね。

いや、私だってまだ半分は夢なんじゃないかって思ってる。

そう思えたらどんなに楽か)

そう思えないのは、さっきから持っている打ち出の小槌の重さも感じるし、ペットボトルの外側についていた水滴が手を伝う感触もあるし、ペットボトルを切るときにハサミで親指と人差し指の間の皮膚を挟んで痛かったからだ。

自称・一寸法師であっても、本当にこんなに小さい人がいるんだと、涼子はようやく現実を直視した。

「あのね、私とあなたは初対面。私は九条涼子と言って、あなたの時代にはいなかった人間なの。分かった？」

涼子は、自分が姫などではないと分かってもらうつもりで名乗った。ところが、一寸法師の顔に、安堵ではない笑みが広がった。

「九条！　やはり九条の殿の娘ということは、姫ではないか！」

むしろ、誤解が定着したような言葉に、涼子は頭を抱えそうになった。自分の自己紹介のどこがおかしかったのだろう。

そんな涼子の思いなど、一寸法師には全く伝わらなかった。間違いない、姫だ姫だと、歓声を挙げている。

「とにかく、事情を説明して。大人しくしていてくれるなら、そこから出してあげる。もし勝手に暴れたりこっちに向かって跳んできたりしたら、今度こそ本当に叩き潰すか、さっき言ったみたいに打ち出の小槌で……」

「分かった、約束する。むしろ、説明させてほしい。そうすれば、姫の記憶も戻るかもしれんからな」

穏やかに話すと、その声も凛々（りり）しく聞こえ、涼子は内心身悶（みもだ）えた。

（このイケメン、落ちつけば声もイケメンボイス。

こんなイケメンが、自分を姫と呼んで彼氏になってくれるなら、大きくしちゃってもいいかと思うくらい眩（まぶ）しいイケメンだわ）

その誘惑に耐えられたのは、彼が涼子に向かって取った行動が黒い悪魔の突撃に似ていたからかもしれない。

（うん、あれは最悪だった。動きひとつにしても、印象って大事）

涼子は、ペットボトルをそーっと持ち上げた。念のため、右手にさっきの丸めたフリーペーパーを握りしめながら。

しかし、そんな必要はなかった。一寸法師は、タオルハンカチの上でちんまりと正座をして、約束通り暴れたり跳びかかってきたりすることはなかった。

「姫、水を一口もらえないだろうか。起き抜けで一気に動いてしまい、少々喉が渇いてしまった」

目を離したら、その隙に何をするか分からないと、涼子は迷った。

それでも、一寸法師の言い分にも一理あると思い、そろそろと立ち上がって視線だけは一寸法師から外さないように流しに向かって後ずさった。近くのコップに水を半分ほど入れて、蛇口を閉める。

それを一寸法師に差し出そうとして、大きさ的に無理だと気づいた。何かいいものはないかと周囲を見回し、先ほど上にかぶせる時に外しておいたペットボトルの蓋を見つけると、こぼさないよう気を付けて水を入れた。

それをそっと差し出す。

「これでいい？」

「すまん」

一寸法師は、涼子から盃を受け取ると、中の水をごくごくと飲み干した。すべて飲んでから、顔を上げてしかめてみせた。

「美味くない水だ。姫、この水には何やら含まれておる。よもや毒では」

塩素の味かなと、涼子は思った。一寸法師に飲ませたのは、水道水だ。

昔は井戸水だったのだろうか、あるいは川の水だったのかもしれない。少なくとも、現代の水道水のように消毒された水ではなかっただろう。

「今はこういう水を飲んでるの」

「なんと。もしや井戸に毒を放り込まれたのではあるまいな。姫、このようなものを常に口にしておられて、お体に障(さわ)りはないか」

一寸法師は、盃を下に置くと、涼子の身を案じた。その優しい言葉に、涼子は少しだけドキッとした。

落ち着いている時の一寸法師は、優しい。

そう思ったすぐそのあとで。

「俺が大きくなって、しとやかに躾けて子を作るまで、健康でいてもらわなければ」

そう言われて涼子のときめきは、一瞬で霧散した。ドキッとしたのは何だったのか。

「何、その勝手な人生設計。確かに私の人生は不満だらけのつまらないものかもしれないけれど、他人にレールを敷いてもらいたいとはちっとも思っていないんだからね」

涼子がむっとしたのを感じたのか、一寸法師はこほんと咳ばらいをした。

「では、話そう。俺が受けた屈辱の人生の序章を」

屈辱の人生の序章――
なんて大袈裟な――

一寸法師の話は、涼子が絵本で読んだものとは違っていた。絵本と一寸法師、そのどちらが真実を語っているのかは分からない。

「俺が生まれたのは、子供ができない両親が神に頼んだからだ。その時に『どんな子でもかまいません、小さい子でもいいのです、どうか授けてください』なんぞと頼み、頼まれた住吉の神がそれならばと本気にしやがって、俺をあの親の元に遣わしたのだ」

住吉の神様というのは、どうやら一寸法師のお父さんとお母さんがお参りした神様らしい。絵本にはそこまで書いてなかった。

神様にお祈りしたら、それはそれは小さな赤ん坊が授けられたとしか書かれていなかったのだ。

神様、なんで普通の赤ちゃんにしなかったかなと、涼子はつい思ってしまった。いくら小さい子でもいいからと願われたにしても、あんなに小さくしなくてもよかったのにと。

「最初は可愛がられたのだ。俺は外見もいいからな」

(自覚があるイケメンめ、そういうのが成長していく過程で傲慢俺様野郎になって、女の子を泣かせる男になるんだ)

「なのに、いつまでも背が大きくならない俺を、父も母も次第に煙たがるようになった。飯の量は減るし、粗末になるし、俺を外に出すのは恥ずかしいと家の中に閉じ込めるし……なんという理不尽。背が一寸にしかならんのは、自分たちがそのように望んだせいだというのに」

一寸法師は、自分の不遇を嘆いて、辛そうに顔を歪ませた。

「どれほど努力をしても、近所の童のような背にならん。俺自身が一番辛く思っていたのだ」

「わ、分かる……っ」

涼子は、つい共感してしまった。

優秀な兄や姉みたいになりたいと、頑張ったこともある。なのに、まだ幼かった彼女が父や母に認めてもらおうと旅館のお手伝いをしても、ちっとも上手く行かなかったのだ。

玄関先の水まきをすれば、客の靴を濡らしてしまう。

掃除を手伝えば、よろけて障子に穴をあけてしまう。

だったら自宅でおかずの一つでもと思っても、鍋を焦がして火事にする気かと怒られる。

そんなことが積もり積もって自分の不甲斐なさを自覚したら、誰が旅館を手伝いたいと思うようになるだろうか。

涼子がその気持ち分かると言ったものだから、一寸法師は嬉しそうに笑った。

「……うん？」

イケメンが笑うと、爽（さわ）やか誘惑系になるんじゃないのかと、涼子はその笑顔を凝視した。笑顔に何故一瞬でも、寒気を感じたのかと。

「どんどん俺に対する扱いが酷くなったので、俺は旅に出ると告げた。そうしたら父も母も大喜び。せいせいするといわんばかりに、家から追い出された」

そんな涼子の疑念を知ってか知らずか、一寸法師は自分の話を続けた。

「でも、舟の代わりにお椀（わん）をもらって、櫂（かい）の代わりにお箸（はし）、刀の代わりに針をくれたんでしょ？」

「代わりに？　そう、代わりに！　老いた父がうっかり落としてひびが入り、使えなくなった椀と、先が折れて用をなさなくなった使い古しの箸と、母が誤って先端を潰してしまった針をな。餞別だと投げつけられるように渡され、旅の途中で口にするものの一つ与えられずに追い出されたのだ。それを屈辱と言わずして何と言おう」

それが本当だったなら、一寸法師はすごく可哀想な目にあったってことよねと、涼子はまたしても同情してしまった。

今そんなことを子供にしたなら、虐待確定である。

「苦労したのね、一寸法師」

涼子は、同情をこめてもう一杯水をついでやった。

だが、水道水の味に違和感を覚えていた一寸法師は、用心しているのか口をつけなかった。

「苦難の旅だった。ひびの入った使い古しの椀で川を下ったものの、何度転覆しかけたことか。俺は、苦労に苦労を重ねて、ようやく京の都に辿り着いた」

「知ってる。そこでお殿様のところに就職して、お姫様と出会ったんでしょう」

「就職？」

「あ、えっと、お殿様に仕えたってこと」

「うむ。さすがは京の御所におわす殿、人を見る目が違う……と思っていた俺は、浅はかであった！」

「え？」

だんだん話がきな臭い方向に進んできて、涼子は思わず身を乗り出した。

一寸法師は、正座したまま肩を震わせていた。悔しかったことを思い出して泣いているのかと思ったら、どうやら怒りで震えているらしいと分かったのは、次の言葉を聞いてからだった。

「殿は、俺を連れて歩くことで、周囲に注目されることを喜んでいたのだ。ゆえに、俺は体のいい見世物になった。殿に呼ばれ、酒宴の席で剣舞なんぞを踊らされ、酒臭い息の男どもが下品に笑い耳障りな手拍子をする。殿がおなごをなびかせるために俺を見せ、おなごがまあ可愛いなんぞと言おうものなら自分がどれほど慈悲深く、行く当てのない俺を救って召し抱えてやったかを語る始末。そうしておなごが殿になびけば、俺はお役ご免で追い払われるか、誰にも邪魔されぬよう見張り役として朝まで外で待たされる」

「ひどい！　人権どこいった！」

涼子は、一寸法師が受けた待遇の劣悪さに、叫んだ。

（そりゃあ、お殿様の気持ちも分からないわけじゃない。

物珍しさから召し抱えたんだろうなあってことも想像できる。

しかし、ナンパに使うのはどうなの？　うん？

女の人は、一寸法師の手乗りサイズだけれどイケメンっていうそのギャップ萌えで喜んだんじゃないの？

　でもって、その一寸法師を助けて仕えさせてあげちゃったなんていうちゃっかり自分良い人アピールをして、部屋でいいことしている間一寸法師を外で一晩中待たせるって、それはない。

　せめて、礼を言って別の部屋で休ませるとか、御馳走を準備してあげるとか、そういう配慮をしてほしかった）

　またしても一寸法師に同情的になる自分に、いけないいけないと内心言い聞かせるのだが、あまりに気の毒な目に遭っていることを知って、どうにも気持ちが揺らぐ。

　その時、涼子は姫の存在に気づいた。

「そうそう、姫、姫がいるじゃない。お殿様のところのお姫様にもずいぶん可愛がられたのよね？　だから、お姫様のお供としてついて行って、そこで鬼を……」

「可愛がられた？　姫の供？　はて、一体何を言っているのだ」

「え、そうなんじゃないの？　絵本では確か……」

　また絵本とは違う事実があったのかと、涼子はおぼろ気な記憶を思い起こそうとした。

「そうであった、姫は記憶をなくしているのであった。何とお気の毒な。姫。必ずや俺が姫の記憶を戻してさしあげましょう。どうか気を落とさずにおられよ」

話に集中しようとしていたところに、優しい言葉をかけられて、涼子は頬が熱くなるのを感じた。

（さっきから、私のことを姫と呼ぶ一寸法師。

もしかして、私ってお姫様そっくりなの？

やだ、私って自分で思っている以上に可愛いとか？）

「どうした、姫。顔が赤いぞ」

「な、なんでもないってば。それよりお姫様のことを話して」

そこにどんなラブストーリーが隠されているのか、涼子は気になって仕方がない。

「姫は確かに優しかったが、俺など殿が手に入れた物珍しい生き物に過ぎなかった。だが、俺は姫に一目惚れをした。美しく優しく気高い姫を、どうにか妻にできないものかと」

「美しく優しく気高い姫……」

それが私だというからには、そのお姫様に私が似ていると言うことで。いいぞ、もっと言って、そこは聞き逃さないようにするから、などと涼子もこっそり盛り上がる。

そして、ここから一寸法師のサクセスストーリーが始まると信じていたのに。

ところが、一寸法師が語る真実とやらは、もっとドライ&ハードだった。

「だから俺は一計を案じ、寝ている姫の口元に米粒をつけてやったのだ」

「うん？　米粒？」

「そして、殿の前で大泣きをしてみせた。俺は演技が上手いのだ」

嘘泣きが上手いと胸を張って見せる一寸法師に、涼子の熱が少しだけ冷めた。

「殿が何を泣いておると聞くので、姫に食事である米を盗られて空腹で死にそうなのだと訴えた。そんな馬鹿なと眠っている姫の元を訪れた殿は、姫の口元についた米粒を見て、このように卑しい娘が自分の娘というのは外聞が悪い、出て行けと追い出したのだ。はっはっは！　俺は何が何やら分からぬまま追い出されて途方に暮れている姫を慰めるという素晴らしい役割を遂に得ることができたのだ！」

「……こんの極悪人！」

涼子の中の一寸法師への同情心が、一気に怒りへと変わる。

これは、怒ってもいいはずだと涼子は思う。この話が本当ならば、お姫様は単なる被害者だ。付き合いたい女性が高嶺（たかね）の花だからと言って、罠にかけてひどい目に遭わせて自分しか頼れない状況に陥れるなど、許されるものではない。

それが真実なら、もう同情なんてしないと、涼子は別の意味で頭に血が上って顔が赤くなるのを感じた。

「最低！　女の敵！　お姫様に謝れ！」

「ま、待ってくれ！　最後まで聞いてほしい！」

涼子が怒ってフリーペーパーを持ち上げると、そのフリーペーパーで痛い思いをしてそれを武器だと認識していたらしい一寸法師は、慌てて両手を前に突き出して涼子を押しとどめようとした。

「ちゃんとお姫様に謝ったんでしょうね！」

「そこを話そうと思っていたのだ！」

ということは、謝ったのかと、涼子の攻撃がすんでのところで止まる。

「そうよね。そこはさ、自分が悪かったってきちんと謝って、お姫様が屋敷に戻れるようにしてあげないと」

ヒーロー像がとんだぶち壊しだと、涼子は一寸法師の言葉に一縷の望みをかけた。

涼子が鎮まったので、安堵した一寸法師はここぞとばかりに話を続けた。

「行く当てもなくとぼとぼと歩く姫に付き従い、俺は必死にお慰めした。その甲斐あって、姫は俺といくらか口を聞き、話をしてくれるようになった。姫の声は、それはもう可愛らしく、小鳥のような……今の姫の声も俺は嫌いではないぞ」

「どうせ私の声は、烏みたいな声ですよーだ」

可愛らしい小鳥のような声まで似ているとは言われず、涼子はなんだか面白くなく拗ねたように舌を出した。

これでも、コンビニのレジに立てば、大きな猫を被って明るく「いらっしゃいませー」「ありがとうございましたー」と見本になるような挨拶ができるという自負はある。

声がいいとか悪いとかは別としても。

「共に語らい、姫が俺に心を開いてきたそのときに……あの鬼どもめ！」

鬼が出てきたのは、予想通りの展開だった。涼子が知っている絵本にも、出てきたのだから。

京の都で暴れて、お姫様を連れ去ろうとしたという、悪い鬼。

「退治したんでしょ？　ねえねえ」

ここで活躍して、極悪人じゃないと示してくれないと、先ほどの姫への仕打ちはなかったことにはできない。

涼子は、どうか絵本通りに進みますようにと心の中で祈った。

「当然だ」

はたして一寸法師から返ってきた答えは、涼子が期待していたものだった。

「俺はろくに役にも立たん針で懸命に戦った。大きいばかりで動きの鈍い鬼どもをつきまわし、体の中に入って針を突き立てて、手傷を負わせて追い返した」

「それでこそ一寸法師！　絵本通りのヒーロー！」

涼子は、最後のハッピーエンドに向けて、期待感を高めていった。

だというのに、ああ、しかし。

「鬼は、自分たちの宝である打ち出の小槌を落としていった。姫はそれで俺を大きくして、うっとりとした目で見つめてきた。あの瞬間が、俺の人生最高の時だった！」

「きた！　クライマックス！」

「だから！　俺は！　夫婦の間に隠し事は不要と、姫につけてしまった米粒の真実を正直に話した。そして、許しを乞うて晴れて正式に夫婦にと」

「うんうん」

「なのに、俺が策を弄して姫を館から追い出させたと知るや、姫は激怒して打ち出の小槌を振るい、俺を以前のような、いや、以前よりも小さい体に戻そうとしたのだぞ！　姫は冷血であった！」

「ああー……」

最後の最後で拗れてしまったことに、涼子は正直にもがっかりした溜め息を漏らしてしまった。

こうして生い立ちから話を聞いているから、自分は一寸法師の人生に同情する部分があると分かる。けれど、お姫様にしてみれば、食べてもいない米を奪って食べたという無実の罪を自分になすりつけて家から追い出される原因を作った男ってことになるんだものと思う。

　そう考えると、お姫様にも怒る権利があると納得する。しかも、この一寸法師のことだから、言い方も悪かったんだろうなあと、これまでの彼の言動を振り返って、涼子はもう一度分かりやすい溜め息をついた。

　許してもらえると思って、軽い言い方をしたのではと想像する。もしかしたら打ち明けない方が平和だったかもしれないが、打ち明けたところに一寸法師の善意を見たということにしておこうと、涼子は自分の中に満ちてきたがっかり感に言い聞かせる。

　彼女がそう納得しようとしている間に、一寸法師の語る真実とやらは、さらに未知の世界へ進もうとしていた。

「当然、俺は抵抗した。打ち出の小槌の力に抗った。俺が強かったのか、俺の体を大きくした打ち出の小槌の力がまだ残っていて力同士が反発し合ったのか、俺の背はこの通り、一寸ではなく三寸ほどで止まることができたのだ」

　それで、一寸法師の今の大きさの理由が分かった。

　一寸は約三センチメートルだ。

　三寸、つまり九～十センチメートル。

　絵本を読みながら教えてくれた祖父の豆知識を、涼子は覚えていた。

（そうよね、一寸よりは大きいよね、うん。

小さいけど。相変わらず小さいまんまだけど）

ちなみに、その後お姫様はと尋ねたところ、姫は屋敷に逃げ帰り真実を父親に告げて以前の暮らしに戻り、晴れて他の殿方と結ばれたのだと一寸法師は話してくれた。

お姫様は被害者で落ち度はなかったのだから、それでよかったよかったと涼子は胸をなでおろした。

「これで分かっただろう、姫よ」

姫の人生が救われて安心していた涼子に、一寸法師の低い声が聞こえた。

「え、何が」

一寸法師がお姫様をだまくらかしたということだろうか、お姫様の怒りでこの身長にされたということだろうか、それなら分かったけれどと言う涼子に、一寸法師は声を荒らげた。

「俺には復讐する権利がある！」

「…………………は？」

「俺は復讐すると固く誓ったのだ！」

一寸法師が、タオルハンカチの上で立ち上がった。

その動きに、涼子はまたしても跳びかかってくるのかと警戒する。

しかし、一寸法師はそんなことなく、その場で怒りのあまりか、腕を大きくぶんぶん振りながら訴えた。

「小さくてもいいなんぞと言っておきながら、俺を気味悪がって疎んだ父と母！　見世物とおなごの気を引くための道具としてしか俺を見ていなかった殿！　もうちょっとで姫を自力で口説き落とせたというのに、割り込んできた邪魔な鬼ども！　鬼から守ってやり、正直に告白して詫びたというのに、俺を許さずに背を縮めようとした姫！　そして！　なにより！　しょぼくれた年寄り夫婦の言葉を鵜呑みにして、俺を一寸の背にして誕生させた住吉の神！

俺の人生を狂わせて不幸せにした奴らのところに舞い戻り、とことん復讐し不幸のうちに地獄に送り、そののち姫に体をもう一度大きくさせて、殿の家財一式を俺が継いでやろうと思ったのに！　住吉の神め！　俺を打ち出の小槌とともに箱に閉じ込め、封印しやがった！　絶対に許さん！」

「箱に閉じ込め……封印……あの箱！」

「そう、あの箱だ」

涼子は思わず、打ち出の小槌を取り出したあと、ほったらかしてある床の木箱に視線を走らせた。どう見ても、普通の古い木箱にしか見えない。

あの箱に一寸法師を封印できるような術でもかけられていたのだろうか。それなら、お札の一つも貼ってあるものではないだろうか。

「俺は、箱が開けられて打ち出の小槌が外に出される間だけ、眠りから解かれて出てこられるようになった。そのたびに奴らの生まれ変わりを探し、復讐してやろうとしたのだが、いつももう少しというところで箱に封じられることを七たび繰り返してきたのだ！」

「うわ、物騒！」と涼子が叫んだ。

「逆恨みじゃん！」

「正当なる復讐だ！」

生まれ変わりを探し出して、全員に復讐するって、どんだけ物騒な存在なの、一寸法師。いや、三寸法師、と涼子はその執念深さに呆然とした。

涼子の様子に、それを恐怖のあまり口がきけなくなっているとでも思ったのか、一寸法師は高笑いを発した。

イケメンフェイスが、極悪フェイスに変わっている。

これが、先ほど感じた寒気の正体だったのかと、ようやく涼子は理解した。

軽い気持ちで同情してはいけない、この似非ヒーローは、世の中に解き放ってはいけないタイプなのだと。

「わはははは！　住吉の神め、俺が姫に許されて体を大きくすることができたら、この封印を解いてやるなんぞと抜かしおった！　そのために、幾度も姫の生まれ変わりに出会うことになったが、今生の姫よ！　ここまで俺の話を聞いてくれた姫は、初めてだ！　やはり、俺と姫の縁は不変！」

（うわー！　話を聞いてたってだけで、縁が不変とかないわー！

確かにもてないけど！　彼氏いないけど！　できそうもないけど！

だからと言って、いくらイケメンでも誰かを復讐のために殺そうなんていう連続殺人犯予備軍の男と付き合うとかないわー！）

涼子は心の中で思い切り一寸法師の言い分を否定したが、ちゃんと声にして伝えなくてはと思い直した。

こんなことを聞いて、自分が大きくしてあげるわけがないということ、そんな男性と付き合いたいと思うわけがないということを。

「あのねえ……！」

「姫！　俺を大きくしてくれ！　そうして、富と名声を手に入れて、豪勢な暮らしをしよう！　打ち出の小槌に命じて振れば、金はいくらでも出るぞ！」

うっ、と涼子が一瞬躊躇（ちゅうちょ）したのは、仕方がない。コンビニのバイトだけで生活しているので、お金は常にほしいと思っているのだ。

打ち出の小槌は願いごとを叶えてくれる宝の小槌だったことを、涼子は改めて思い出し、そんな活用方法もあるのかとちょっとだけ使いたくなった。

一寸法師は、そんな涼子の迷いより、当然のことながら自分の目的しか頭にない。

「七たびめに今生の姫の家である旅館まで流れ流れて！　箱の蓋を開けたのは、あの憎き老いた我が父の生まれ変わり！」

「………待って」

涼子は、一寸法師の話を止めた。どうにも聞き捨てならないことを、言われた気がしたのだ。

「それ、いつのこと？」

「む、いつとは、箱の蓋が開いた時か？　箱の中ゆえ時の流れははっきりとは分からんが、そのときにすぐ蓋を戻された後、冬と夏がそれぞれ二十三回巡ってきたな」

涼子は頭の中で計算した。今、涼子は二十四歳。冬と夏が二十三回巡ってきたというと二十三年経っているということだから、蓋が開けられたのはまだ彼女が一歳の頃。

二十三年前なら、父は今よりずっと若かったはずだ。老いているという表現は当てはまらないと思う。

そうなると、箱を開けたのは亡き祖父ということになるのではないだろうか。

「だが、俺が完全に目覚めて箱から出る前に、父は蓋を閉めてしまった。打ち出の小槌を目にしたはずなのに。今生の父は、なんと価値の分からぬ無学で愚かなやつよ」

「ちょっと……お祖父ちゃんのこと馬鹿にしないで」

「無学」で「愚か」、そんな祖父を愚弄するような言葉に、涼子の中の怒りが大きくなった。

(お祖父ちゃんが、これを私に残してくれたんだ。きっと箱の中身を見て、それなりに価値のあるものだと思って、いずれ私が大きくなったら譲ってやろうとしまっておいてくれたんだ。お兄ちゃんやお姉ちゃんじゃなく、みそっかすの私に。私のことを、大切に思ってくれていたからこそ。そのお祖父ちゃんを馬鹿にするなんて、絶対に許さない!)

涼子が静かに怒りを溜めているのに気づかない一寸法師は、最悪の計画を打ち明けてきた。

「老いた父がいるのならば、母も側(そば)にいることだろう。再び箱が開いたならば、旅館ごと燃やしてくれようと思ったのだが、そうか、父は無意識に俺への詫びのつもりで姫の元に送ってくれたのだな! あっぱれ! さあ、姫! 俺を大きくしてくれ!

姫の元に送ってくれたという善行に免じて、今生の父母は許してやろう！　さあ！」

「……やかましい！」

熱弁を振るう一寸法師を、涼子は怒鳴りつけた。

睨みつけながら立ち上がる彼女を見て、様子がおかしいぞと、ようやく一寸法師が気が付いたようだが、遅かった。

「確かに！　私はうちの旅館のことは好きじゃないけど！　あそこには私の家族がいるの！　火をつける？　そんなことさせるもんですか！　生まれ変わった私たちに復讐する？　あいにく、私はあんたなんかに復讐される覚えはない！　全然いばれる生活じゃないけど、誰かに八つ当たりして恨みをぶつけて幸せになるなんて信じてる男なんかいらないから！　もう一度封印してやる！」

封印するには、打ち出の小槌を箱に入れればいいのだろう。涼子は、打ち出の小槌を握りしめ、箱にしまい込もうとした。

それを見た一寸法師の顔色が変わる。

「何ということを！　姫、血迷ったか！」

「血迷っているのはあんただ、馬鹿！」

空っぽの箱は軽い。タオルハンカチからひらりと飛び出した一寸法師が、そのまま箱まで駆け寄り、それを押しやって涼子の手元から遠ざけた。

「おのれ、三寸のくせに！　もう一寸じゃないくせにーっ！」

涼子が打ち出の小槌を片付けようとする。

一寸法師が箱を動かす。

涼子が箱を引き寄せる。

一寸法師が邪魔をする。

だったら先に潰してやると、彼女はフリーペーパーをもう片方の手で振り上げた。

それを見た一寸法師は、さすがにまずいと逃げ回る。

狭い部屋の中、二人は座卓の周りをぐるぐる回って追いかけっこをした。

何度かフリーペーパーを振り下ろしているうちに、それが座卓の角に当たり、上に載っていた箱が涼子の足元に落ちる。

一寸法師を目で追っていた涼子は、視野の端に映ったそれを避けられなかった。

「あっ！」

勢いがついたまま、涼子は箱を蹴とばしてしまった。

勢いよく飛んだ箱は、流しのある方へ。

追いかけていこうとする涼子の足元に、一寸法師がまとわりついて邪魔をする。

そのせいで足がもつれて、もうちょっとで箱に手が届くというところで転びそうになった涼子は、体を立て直そうと大きく一歩を踏み出した。その一歩で、またしても箱を蹴とばしてしまい……。

カーン

乾いた音が、玄関に響いた。

「あ……」

「おお！」

ドアにぶつかり、玄関の固いたたきの上に落ちた古い木箱は、割れてしまった。

さーっと青ざめる涼子。

狂喜乱舞する一寸法師。

「ど、どどどうしよう……！　これで、打ち出の小槌をしまうことができなくなっちゃった！」

あまりのことに、涼子は頭の中が真っ白になった。それに対し、自分を封印することのできる箱が割れて、一寸法師は小躍りして喜ぶ。

「やれ、めでたや！　姫が神の封印を打ち破ってくれた！　やはり今生の姫こそ我が伴侶！　この目覚めも再会も偶然ではなく必然であったのだ！」

「破ってない！」

ショックのあまり、涼子はその場にへたり込んだ。

どうしようと思いながら、視線は置きっぱなしになっている打ち出の小槌の方を向いた。

打ち出の小槌は、願いを叶えるためのもの。

「そうか！　これ、願ったものが出せるんだ！　また箱を出してもらえば！」

涼子の希望を、一寸法師があっさり打ち砕いた。

「箱ならばいくらでも出すことができよう。だがいくら出したとしても、住吉の神の加護のない箱は、封印の役割をなさんぞ？」

「く……っ！」

なんてことだと涼子は歯噛みした。

「さあ、姫。これも運命というもの。共に手を取り、今生での幸せを手にいれましょうぞ」

「絶対に！　嫌！」

涼子にできる残された唯一のこと。

それは、打ち出の小槌を振らないということだった。

怒ったのと部屋中動き回ったのとで、涼子は空腹を覚えた。

気が付けばもう夜。どれほど一寸法師の話を聞いて、追いかけっこをしていたのだろう。

涼子はキッチンの冷蔵庫から残り物の煮物を出し、冷凍しておいた一膳分のご飯をレンジで解凍する。

「う……寂しい夕食」

夕方、買い物に行こうと思っていたのに、宅配で木箱を受け取ってしまったがために、買い出しの計画は台無しになってしまった。

コンビニで働いていても、コンビニの品物をそうそう買おうとは思わない。身近にあるからよく分かるが、スーパーに比べて高いものが多いのだ。

涼子の部屋とコンビニの間にあるスーパーは、ありがたいことに庶民の味方で安い。明日は絶対に寄ろう、涼子はそう思いながらほかほかに温まったご飯にふりかけをかけ、煮物を食べようとした。

そのとき。

「姫。俺にも食事をくれ」

座卓に料理を並べるのを大人しく見ていた一寸法師が、口を開いた。しかし先ほどの騒動の怒りは、涼子の中からまだ去っていなかった。

「嫌！　さっきまであれだけさんっざんやり合ったのに、なんであんたにご飯を食べさせてあげなくちゃいけないの！」

しかも、冷凍ご飯と残り物だけのしょぼくれた夕食だ。誰かにあげられるようなものではない。

　ふんとそっぽを向いた涼子は、一寸法師がこれで悔しがって拗ねるのではないかと、そーっと横目で様子を見た。

「……そうか……かまわん。老いた母も、俺に飯をくれないことがあった。俺が、食べても食べても大きくならんからと……」

　タオルハンカチの上で正座をし、一寸法師は心持ち肩を落として俯いた。その寂し気な風情と言ったら！

（くううううう！　ずるいずるいずるい！

　そんな寂しそうに言われたら、私の方が悪役決定じゃないの！）

　こんなやつ放っておけという声と、空腹の相手に食事を分け与えないなんて無慈悲もいいところだという声が、涼子の脳内で戦う。

「うぐぐ……ううう……」

「ひ、姫？」

　よほど涼子の立てた声が奇妙だったのか、一寸法師が心配げに声をかけてきた。

　具合でも悪いのかと気遣うイケメン、憎い。さっきのことがなかったら、よろめいて打ち出の小槌を振って一寸法師を大きくしていたかもしれないと、涼子はその衝動に耐えた。

そして無言で立ち上がると、涼子は流しの上の棚を開けて、小皿を取り出した。最近使っていなかったから、水でさっと洗って布巾で拭く。

それを持ってきて、ふりかけのかかったご飯を一口分と、煮物の大根、椎茸、高野豆腐を箸で千切って横に添える。

「はい。あと、これ。お箸の代わりね」

爪楊枝を二本。

ご飯の上にまっすぐ突き立てたのは、彼女なりのちょっとした嫌がらせだった。

「ふおお……」

「……こんなご飯でごめんね。きっとお殿様のところで出てきた食事よりずっと美味しくないと思うから、一応謝っとく」

人様にお出しできるようなものではないという自覚はある。彼女は毎日が節約生活なのだ。

そんな涼子の謝罪など聞こえなかったように、出されたものに口を付けた一寸法師は興奮したように大きな声で訴えた。

「いいや、姫！　十分な馳走だ！」

「えっ」

「炊き立ての飯、ここにかかっているものはどのような珍味だ、これまで味わってきたどのようなものより飯に合って非常に美味である。それと、手間のかかる煮物まで。今生の姫は、料理が上手なのだなあ」

（……やだもう、涙腺緩みそう。

あんな物騒なことを言っておきながら、こんな粗末飯にどんな殺し文句だ、イケメン天然たらしめ）

涙ぐみそうになった涼子は、心の中で食事が粗末な言い訳をたくさん思い浮かべた。

ご飯は炊き立てじゃなくって、解凍してレンチンしたものなんです、温かいってだけで誤解させてごめんなさい。

煮物だって残り物だから、味が染みまくっているってだけ。

具は大根と椎茸と高野豆腐で、少しだけ入れたニンジンとジャガイモは今朝食べてなくなっているという侘しさ。

でも、誰かと食卓を囲んで料理を褒めてもらうのが嬉しいと思ってしまったのも事実で。

旅館を燃やそうとした奴なのに。

お祖父ちゃんとお祖母ちゃんに復讐するなんてとんでもないことを言った奴なのに。

お姫様を罠にかけた卑怯な奴なのに。

「どうした、姫。苦しいのか」

「だ、大丈夫。大丈夫だから、姫、姫、って何度も呼ばないで。私は姫じゃないもん……私は小さな旅館の娘で、頭の出来も悪くて、顔だって美人じゃないし、貧乏だし」

「姫は前世の記憶がないだけだ。俺は生まれ変わった姫を何度も見ている。だから、姫がどんな姿になっていても分かる。姫は姫だ。俺が愛した唯一の姫だ。姫のことを怒らせた俺に、馳走を振る舞ってくれる慈愛に満ちた優しい姫だ」

　このままの涼子を認めて褒める一寸法師に、涼子はこいつやっぱり天然たらし男だと思った。こんな言葉を続けられたら、さっき怒ったことなど忘れて、許してしまいそうだとも。

　そうならなかったのは、一寸法師がブレることのない精神の持ち主だったからだった。

「だから、余計な縁を断ち切るためにも俺を大きくして、復讐を達成させてくれ。そして俺と結ばれて、打ち出の小槌から財宝を出して暮らそう」

「ありがとう！　一気に殺伐とした有り得ない案を打ち出してくれて！　もうちょっとで気持ちが思いっきり傾くところだった！　目が覚めた！」

（油断したらダメ！　こいつ、生まれ変わりを見つけたら、復讐しようとする。

　生まれ変わって一寸法師のことなんか何一つ覚えていない、何のかかわりもない人に何をするか分からない。

そんな奴と食卓は共にしても、気持ちまでは許すものか！）

涼子は、冷めかけたご飯を口に運んだ。多めにかけたふりかけが、ちょっと塩辛かった。


その夜。

絶対に入ってこないでと念を押し、涼子はこの部屋でたった一組しかない薄い布団に潜り込んだ。

明日は朝九時からバイトだ。昼間は子供を学校に送り出して家事をある程度済ませた主婦がシフトに入るから、涼子はその人に引き継ぐまでの早朝から午前中、もしくは子供が帰ってくる時間に合わせてその人が抜けるため、忙しい夕方から夜に入ることが多い。

場合によっては店長から、朝は早く終わっていいから夕方からまた入れないか聞かれる。他にすることがないし、だいたいはＯＫする。

明日は珍しく早朝ではなく、出勤時間にかかる辺りから昼間の時間帯に入ってくれって言われている。

時間の融通が利く涼子は、店長から重宝されている貴重な戦力だ。人手が厳しいコンビニ業界で、涼子は勤められるだけ勤めようと思っていた。

それより、一寸法師をどうするかが一番の問題だった。

今は大人しく座卓の上のタオルハンカチの上で眠ってくれているはずだ。確認したいけど、体を起こしたらその気配で向こうも起きそうな気がして、起きて確認できない。

打ち出の小槌は、涼子の枕元に置いてある。

(お祖父ちゃん、これ、家宝どころじゃなかったよ、大変なことになっちゃったんだから――)

いつかお墓参りに行って、文句の一つも言ってから、お祖父ちゃんごめんねありがとうって言おう。

そう思いながら、涼子はゆるゆると眠りの波に攫われていった。


『おーい、おーい』

(誰かが呼んでいる)

『娘よ、聞こえておるかー』

(聞こえてます、てか、あなた誰？)

頭のどこかで、ああ、これって夢だなあと涼子は思った。

今の涼子は、空中に浮かんでいるような、さもなくば海に浮かんで波にもまれて揺れに身を任せているような、そんな不安定なふわふわとした感覚なのだ。

(夢の中で自由に目を開けられないって、不便)

でも、ここはもしかしたら故郷の海、佐渡の海なんじゃないかと、涼子はふと思った。

だったらいいや、夢の中でもいいから、お祖父ちゃんのところに連れて行ってと祈る。

『おまえには苦労をかけるのー』

その口調は老人そのもので、涼子はふっと微笑(ほほえ)みを浮かべる。

(やっぱりお祖父ちゃんか。

いいんだよ、お祖父ちゃん。

私、何にも苦労してないよ、好きなように生きてるよ。

だから、心配しないで)

『一寸法師がここまで恨みを引きずるようなやつだとは思わんかった。信心深い老い先短そうな人間の願いを叶えてやろうと思うただけだったのに、すまんのー』

(……うん？　お祖父ちゃんじゃないな？　あなた、誰？)

『一寸法師を遣わせた神じゃー』

(住吉の神!?　てことは責任取りにきたんでしょう？　ねえ、そう言って)

『姫の生まれ変わりの娘よ。どうにかあいつを改心させてやってもらえんかー。このまま引き取っても、神殺しを企むものとして断罪されかねんのでなー』

（なー、じゃないでしょう？　元はと言えば、神様が一寸法師を小さいまんまの設定にしたから）

『あれを改心させてくれたら、おまえに最高の福を授けてやるぞー。だから頼んだー』

（いやいやいやいや、頼まれません、お断りします）

『たーのーんーだーぞー』

（ちょっと待て！　無責任神様！　頼むならちゃんと出てきて頭を下げろ！　引き受けたって返事してないのに、一方的に頼んだぞって言って立ち去ろうとしているでしょ！　声がどんどん遠くなっていってるじゃない！

人の夢の中で、実現不可能なことをさらりと頼んでいくなああああああ！）

「…………」

見慣れた天井、薄い布団。

「…………神様、許さん」

目覚まし時計で起こされた涼子は、夢の内容をしっかりと覚えていた。夢の中でも目を開けられずに真っ暗で何も見えなかったが、神様が言ったことを涼子は忘れていなかった。

「一寸法師を改心させたら、最高の福を授けるだとう？　なんて無責任なんだ、神様。万能なんじゃないのか、神様だったら一寸法師の心を取り出してごしごし洗って、まっさらにしたらいいんじゃないの、ねえ」

「そうなのだ、住吉の神は許せんのだ！　俺と復讐してくれる気になったのだな！」

部屋の隅に押しやった座卓の上から、一寸法師が身を乗り出している。

一見爽やかな容姿なのに心の中はどろどろの復讐心だらけで、なのにどこか天然で憎めなくて抜けている感じのする一寸法師に、涼子は起き抜け一発目の怒りをぶつけることになった。

それほどに目覚めが悪かったのだ。

「神様も無責任だけど、あんたも嫌！」

「そんな！　姫よ！」

「着替えるから、後ろ向いて！」

着替えると聞いて、律儀に後ろを向く一寸法師。

その後ろ姿を見つめながら、涼子はこれから毎日この一寸法師と暮らしていくのかと思い、深い深いため息をついた。

「姫？」

涼子の息の音に、一寸法師が反応する。

「心が晴れんのか。それとも具合が？」

晴れないのは誰のせいだと言いたい。

でも、夢のことで一寸法師を怒るのも八つ当たりだよねと、涼子は自分の朝からの怒りを少しだけ反省する。

夢の中に出てきたのが本当の神様だったら、そりゃあ一寸法師も反発したって仕方ないと思わないでもない。

引き受けたとも何とも言っていないのに、いや、それどころかお断りしますと念じたと言うのに、たーのーんーだーぞーと間延びした声だけ響かせて消えてしまうのだから。

（あんな神様が人間の元に遣わしたわけだから、一寸法師だって少なからず辛い目に遭っちゃう羽目になったわけだし、心が捩じれても仕方な……）

「それで、今日はどの生まれ変わりを探しに行く？　さっさと復讐して、早く夫婦になろう」

（前言撤回！　仕方なくない！）

「誰にも復讐しません！　悔しいけど、今日から私があんたを見張って、改心させてやるんだから！」

涼子は着替えを終えて、台所に向かった。

(最高の福を授けてくれなくてもいいから、今すぐこいつを引き取ってください、神様!

ああ、貧乏で夢も希望もうっすい生活だったけど、平凡な日常を返してください)

こうして、涼子と一寸法師の奇妙な同居生活がスタートした。

其の二　集う人々

「姫が赴くところに法師あり」

「無理」

「かつてはお気が向かれると『法師、法師』と連れ歩いてくださったこともあったではないか」

「記憶にございません」

「だがしかし、打ち出の小槌も姫と共に出掛けんがために、このような姿に」

「打ち出の小槌、ずるい！　そんなに私にこれの面倒を見させたいのか！」

コンビニに向けて自宅を出る時間が迫っている中、涼子は一寸法師と言い争いの真っ最中だった。

バイトに行かなければならない涼子と、彼女についていくと言ってきかない一寸法師。

彼女としては、当然のことながら一寸法師についてこられたら困る。もし、他の人間にその姿を目撃されたら、どう説明していいのか分からない。

復讐心に燃えるにしては、そそっかしいところのある一寸法師のことだから、ちょっとした拍子に簡単に誰かに見つかりそうだと涼子は思う。そんなことになったら、自分の姿を見たものはすべて殺すとか言い出すのではないだろうか。

それをいちいち止めていく余裕など、涼子にはなかった。なにしろ、これから働くコンビニの仕事でいただける給料に、生活のすべてがかかっているのだ。

今の職場であるサンズファーム紫竹山店でかなり優秀な戦力として見てもらっているはずなのに、仕事中に何やらぶつぶつ呟いている妙な女と思われでもしたら、もう来ないでくださいと首を言い渡されるかもしれない。

接客業とはそういうものだ。店員が客に気味悪がられるというのは、非常によろしくない。

なのに。

「あんたがこれをこんな形にしたの？」

もし一寸法師を連れて行くとしたら、打ち出の小槌は彼の無茶な行動を抑える抑止力になるとは思った。

必死で働いている最中に復讐だのなんだのと変なことを言い出したら、本当に塵くらいの大きさに変更してやるくらいの気持ちだった。涼子は脅迫のような真似は全然好きではないが、生活がかかっているのだ。

なのに、肝心の小槌は常に持ち歩けるサイズではない。

一緒に封印されていただけあって、あんたと打ち出の小槌はセットでないと駄目なんじゃないの、だから打ち出の小槌を持っていけない今、あんたも連れていけないと言おうとして、涼子は目を剥いた。

ついさっきまで普通の大きさだった打ち出の小槌が、気づいたら小さくなっていた。しかも、小さいだけではない、まるっきり御守りのような薄さだ。連れていくいかないの論争の間に、打ち出の小槌はいつの間にか小槌の形をした木片に変わっていた。

鞄どころかポケットにも入るサイズだし、柄の先端にふさのようなものがついていて、根付やキーホルダーやストラップのように使えば、どこにでも付けられそうだった。

鞄とか携帯とか、持ち歩けるものに付けられる。

ようするに、こいつを連れていけと。

面倒をみろと。

夢の中で神様らしきものが言っていたとおりに。

そう打ち出の小槌が自分に言っているようで、涼子は恨みがましい視線を薄くなった打ち出の小槌に送った。

「絶対に神様の仕業よね、これ。私、そんなに神様に失礼なことはしてきていない人生だと思うのに。実家だって旅館だって神棚があって、掃除やお供え物もしたことあるんだからね」

　実家には仏壇と同じ部屋に、旅館はロビーの裏側の事務所と厨房に、それぞれ神棚が設けてある。旅館の方はともかくとして、実家の神棚は祖父母に言われて何度も掃除をしてきたし、初詣には新しい御札を買ってきてお祀(まつ)りし、御神酒(おみき)をあげたりもした。

　それを知っていてのこの仕打ちか、神様、と涼子は夢の中に出てきた神様に毒づいた。

（ああ、ちょっとだけ、神様に復讐したいと思う一寸法師の気持ちが分かったような気がする。しないけど）

「姫。約束する。絶対に姫に迷惑はかけない」

　一寸法師が口にした「絶対」という言葉に、涼子は懐疑的だ。むしろ、絶対に迷惑をかけると言われた方が、信用できたかもしれない。

　とにかく一寸法師が声一つ出す、顔を覗かせる、それだけで涼子の迷惑になるのだ。

「姫の身にいつ危険が及ばぬとも限らない。どうか姫の記憶が戻るまで、俺に守らせてほしい」

「えー……」

確かに、危険がない世の中ではない。出勤一つをとってもそうだ。

自転車で向かう最中に車と接触したら大怪我。

コンビニに強盗でも入ったら、もはや生死にかかわる。

たぶん、そんな事態が起こる確率は非常に低いだろうが、ないわけではない。

問題は、そんな事態になったとして、姫を守ると豪語しているこの十センチの一寸法師が涼子を助けられるとは思えないことだ。

車のタイヤに轢かれでもしたらぺしゃんこ、大怪我どころではなく一巻の終わりだ。

「もし、姫がどうしても俺をここに置いていくのなら」

そう言って、一寸法師は部屋の中をぐるりと見まわした。

「この剣でその透明な戸を切り刻み、自力で飛び出して姫を追ってくれるわ！」

「ガラスを割ったら即弁償！　って、その剣、斬れるの？」

「俺は剣の達人だぞ。鬼の腹の中でも存分に暴れまわり、退治したほどの腕前だ」

それ、細い金属で内臓を突き刺しまくるという、防ぎようのない荒業のことよねと、涼子は想像して気持ち悪くなった。

折れて先が潰れかけている針に、柔らかいものをつつく以外の攻撃力があるとは思えないが、一寸法師自体が存在しているというこの非常事態に、もしかしたら有り得るかもしれない所業を放置することはできない。

仕事をなくし、家賃を支払えなくなってここも追い出されたら、涼子は完全にホームレスになる。

「仕方ない……何があっても周囲に知られたらダメなんだからね！」

「おう！　さすがは姫、俺を頼りにしてくださる」

してない、全然してないと、涼子は全力で否定したかった。頼りになるから一寸法師を連れていくのではない。連れて行かないと窓を壊すと脅されて、不承不承だ。

涼子は、デイパックの外側のファスナーを開けて、その中に御守りのような形に変化した打ち出の小槌をつっこんだ。

一寸法師はどこに入れようと悩みながらふと見ると、一寸法師がいない。

「えっ！　ど、どこ！　ちょっと！　出てきて！」

いたら困るのに、いなくても困る。

涼子は、慌てて捜した。勝手に視界から消えられると、どこで何をするか分からないのだ。

座卓をどかし、たった一つしかない座布団をめくっていると、急に近くから声がした。

「姫、俺はここだ。寂しい思いをさせてすまない」

「ぎゃー！」

いつの間にか涼子の体をよじ登っていた一寸法師が、防寒のために着たグレーのダッフルコートの胸元に潜り込みかけていた。

「やめてー！　女の子の胸に潜り込むって、どこまで犯罪者なの、あんたは！」

一寸法師を取り出そうと、涼子はコートの中に手を突っ込むも、上手く避けられてしまう。涼子の手を逃れるようにして、一寸法師がコートの中を動き回る。その動きがくすぐったくて、涼子は悲鳴を上げた。

「安心するがいい、姫。まだ婚前ゆえ姫に不埒(ふらち)な真似をしようとは思わん」

「入り込んだ場所そのものが不埒なのよ！」

「姫は幾重にも着込んでいる。その隙間に入っているゆえに、姫の肌には触れておらん。ここからなら、すぐに頭を引っ込められるし、姫が働いているという場所に行くまでの間、落ちることもなかろう」

（落ちないかもしれないけれど……しれないけれど……この状況って、男の人が胸元に潜り込んでいるってことと一緒じゃない！）

たった十センチの大きさの一寸法師だが、よく見れば目鼻立ちの整ったハンサムな青年なのだ。それが自分の胸元に入っているかと思うと、涼子の気持ちが穏やかであるはずがなかった。

どうやってもコートから出てくる気がない一寸法師に、涼子はとうとう根負けした。

もう時間もない。

（そりゃあ、自転車で移動するわけだから、途中で落っことしても気が付かないだろうし、下手に外に出していても風に飛ばされそうだし）

そう自分に言い訳して、潜り込んでいる一寸法師を黙認することにする。

そんな涼子の努力を、一寸法師は分かってくれない。口にする言葉が、どうしても涼子の神経を逆撫でする。

「それに、姫の胸が支えになって、着物の中を下まで滑り落ちていくこともないしな。姫の胸は便利である」

「人の胸を足場にするな！」

人並みの胸の大きさでよかったと言うべきか、その胸に立ち、コートの首元から顔を出している一寸法師を摘まみだすべきか。

しばし悩んだ涼子は、自宅を出るタイムリミットに、深く深く、それはもう地球の中心にまで届いてしまうのではないかと思うほど深い溜め息をつく。人生、諦めも肝心。

アパートのドアを施錠し、駐輪していた古い自転車のロックを解除して、涼子はすぐにペダルを踏み込んだ。

「姫！　姫！　あれはなんだ！　先程教えてもらった車とか言うものとは違うぞ！」

「あれはごみ収集車」

「信号というものは、ややこしいな。一方は赤くなり、一方は青くなっている。前にも横にも斜めにもついてるが、姫はどこの色を見て進んでいるのだ？」

「お願い、ちょっとだけ黙って。特に停止しているときは」

自宅を出る前に、迷惑はかけないと言っていたはずの一寸法師は、見るもの聞くものすべてに反応するかのように、次々と涼子に尋ねた。

遅刻をすることはないだろうが、いつもと比べると余裕はなかった。涼子は、時間に余裕をもって職場に着きたい派なのだ。それも実家の旅館を手伝っている間に染みついた習慣なのかもしれない。

時間を気にしながら漕ぎ始めてすぐ、いきなりずぼりとコートから頭を出し、一寸法師は走り去っていく景色に興味津々になった。

次々に質問されることに、涼子も最初は小声で答えていたが、信号待ちで停車しているときに声を出されたら困ることに気づいて焦った。当然、頭も出していては駄目だ。

ちょうど信号が赤になっていて停まったところで一寸法師は信号云々（うんぬん）と言い出したのだが、運よく近くに誰もいなくてよかった。

停まっているときに話さないでときつめに言うと、一応は黙ってくれた。しかし、あちこちに視線を走らせている気配は、びんびんに伝わってくる。

その警戒しているような動きは、自分を守るために警戒してくれているのかもと思い、そこは涼子も純粋に嬉しいと思う。

ただし、ほんの少しだけ。それ以上に、涼子にかかる負担が大きすぎるのだ。

自転車を漕ぎながら、あれはなんだ、それはどうしてそんななんだと聞かれても答えにくいし、中には通り過ぎた後で、一体何を聞かれているのか理解できないこともあった。

それに、小声であっても話しながら自転車を漕ぐという行為は、普段以上にきついものだった。

おかげで、バイト先のサンズファーム紫竹山店についた時、涼子は疲れてぐったりしていた。それでも、仕事はこれからなのだ。

涼子は、声を張った。

「おはようございまーす」

裏に自転車を停めて中に入ると、涼子は同僚に挨拶をした。それに応える小さな挨拶が返ってくる。

涼子は、通り過ぎながらレジの中のバイトをさっと見る。

（あのおば様と交代なわけね、うん）

　これまでも、ちょくちょく交代してきた人なので、涼子は顔を知っていた。一緒のシフトに入って働いたこともある。性格は決して悪い人ではないのだが、自分の都合を優先するから勤務時間がよく変わるアラフォーならぬオーバーフォーな女性だった。

　事務所から、店長の田村が顔を出す。

「やあ、涼子ちゃん。今日も頼んだよ」

「はい、店長。着替えたら、すぐに補充始めますね」

　ロッカーから制服を出し、代わりにコートを掛ける。

　制服はこげ茶に明るめのライムグリーンのストライプが入ったもの。上だけなので、下は動きやすければそれでいい。

　涼子はバイト先にスカートは穿いてこない主義だ。棚の下の方の商品を入れ替えたりトイレ掃除をしたりで、屈むことも多い仕事だから動きやすいのが一番。それから、自転車で出勤していることもあり、三本持っているジーンズとレギンスをローテーションして穿いていた。

　涼子がコートを脱ぐと、一寸法師はさっと飛び出して、床に降りた。

　涼子は制服の胸のポケットに、いつものように黒ボールペンと赤ボールペン、それに名札を付ける。

それからデイパックの外ポケットに入れてきた打ち出の小槌を取り出し、裾が長めの上着の腰の辺りにある右側のポケットに突っ込んだ。必然的に、一寸法師は残った左側のポケットに入れることになる。こちら側は、ハンカチの定位置なのだが仕方がない。

「本当に、本当に、本っ当に約束だからね！　勝手に飛び出したり、私に話しかけたり、他の人に見られたりしない。約束できる？」

そう言い聞かせる涼子に、一寸法師は床の感触を確かめるように何度か足を上げたり下ろしたりしながら言った。

「できるとも。俺は姫をありとあらゆる難から守るためについてきたのだ。それに、既に姫は最初の難に見舞われたぞ」

「えっ」

最初の難と言われて、涼子は思わず小声で叫んだ。それは一体何を指しているのか。ここに到着するまで、誰にも話しかけられなかったし、危ないことも一つもなかった。

「あの男。姫がテンチョーと呼んだ」

「ああ、田村店長？　このお店の店長さんよ。それがどうかした？」

涼子の問いに、一寸法師の表情が険しくなった。そんな険しい表情を見ると、何だか凛々しく見えてくるようで、涼子は一寸法師と視線を合わせた。

（小さくても物騒でも、イケメンよねえ——そんな風に思ってしまうきりりとした顔立ち。

もし性格がよくて、常識があって、経済力もあったら、大きくして思う存分観賞したい。

このミニチュアサイズでイケメンって思うくらいだから、大きくなったらモデル並みの外見になるんじゃないかな）

そんな想像をしつつその引き締まった表情を見つめている涼子に、一寸法師は深刻そうに告げた。

「その田村はな、かつて姫の父御であり俺がお仕えした九条の殿の生まれ変わりなのだ」

一寸法師が告げた言葉を、涼子が理解するまで時間がかかった。それほど有り得ないことを、彼女は聞いたのだ。

「嘘……っ！　店長が私の、いや、お姫様のお父さん？　でも、店長は九条じゃなく田村さんで、一寸法師の年取ったお父さんとお母さんは私のお祖父ちゃんとお祖母ちゃんで、え、え、え？　ああもう、ややこしいなあ！」

一寸法師が告げた言葉に、涼子は思わず大きな声をあげてしまった。

「涼子ちゃん？　どうかした？」

更衣室は事務所とドア一枚隔てた部屋になっている。ずっとひそひそ話をしていたのに、混乱してつい叫んでしまった涼子の声が聞こえたらしい。事務所のドアが半分だけ開き、店長が顔を覗かせた。

「す、すいません。制服をひっかけちゃって。破っちゃったかと思ってつい。大丈夫でしたんで、今出ます」

「声、気を付けてね。店の方には聞こえなかったみたいだからよかったけれど」

涼子は再度謝ると、床の一寸法師を持ち上げようと手を伸ばした。

その手に足を掛けたかと思うと、一寸法師はすたすたと腕を駆けのぼり、ジャンプしてポケットに飛び込んだ。

抵抗なく自分から入ってくれてよかったと、涼子は安心した。だが、一寸法師の方はそうではないらしい。

「俺を見世物にし、俺に誑(たぶら)かされて姫を罰した愚かな殿だ。そんな殿が、今度はよりにもよって姫をこのような狭き場所でこき使っているとは！　許し難い！」

涼子のポケットから顔を出し、怒りに燃えてドアの方を睨んだ。

一寸法師がここを狭いというのは当然で、ここは更衣室である。コンビニの店内に出れば少しは広いと言えなくもないが、おそらく一寸法師にはそうは思えないだろう。

かつて拾われて住んでいたのは、当時の殿様のお屋敷だ。そこがどれくらいの広さか、涼子はまったく見当もつかなかったが、そこと比較しているとしたら、大概の場所は狭く感じるに違いない。

よく涼子の部屋で狭い狭いと騒がなかったと思う。一寸法師も、目覚めたばかりで、しかも涼子を姫と思い込んで、それだけに目がいっていたのかもしれない。

それよりも、涼子は昨日から不思議に思っていたのに聞きそびれていたことを一寸法師に尋ねた。

「ま、待ってよ。ええと、そう、何で分かるのよ。これ、昨日からずっと疑問だったのよ。私は昔の記憶をなくしてるし、お祖父ちゃんだって覚えていなかったはず。生まれ変わり自体疑わしいんだけども」

疑わしいと言ってしまえば、一番疑わしいのが一寸法師の存在になるのだが、本当に存在するのを目の当たりにしているので、信じる以外にない。

それにしても、本当にどうして生まれ変わりが分かるのだろう。

「そこは、俺が優れているからとしか言えん」

理由にならない。ようするに、一寸法師も分からないということか。

「むろん、それだけではない。俺が生まれ変わった憎い奴らや住吉の神を許せる日が来たら、俺の封印も解いて普通の人間にすると神は約束し、俺を箱に閉じ込めたのだ。その約束を果たさせるために、俺が奴らの生まれ変わりを見つけられるように神が仕組んだとしか思えん」

「え、そうなの。それってラッキーよね」

一寸法師が関わってきた人たちや神様のことを許したら、ずっと小さかった体を大きくしてもらえて、普通の人間の人生を歩めることを約束されているわけだ。

そうであるならば、復讐などという恐ろしくも虚しいことなどさっさと諦めて、止めてしまえばいいのだ。そうすれば、一寸法師は普通の人間と同じ大きさになることができる。

「らっきぃとは何か知らんが、俺が奴らを許すなどまず有り得ん！　不遇な過去をもつ俺が報われるためには、奴らを地獄に叩き落とすしかない！　この手で姫以外の奴らを苦しめてから息の根を止め、それから姫を俺の妻に迎えるのだ」

一寸法師が許しそうな気配は、微塵もなかった。どうにも復讐へのこだわりが強い。

こういうのを粘着質というのだろうかと、涼子は思った。付き合いたいと思えないタイプである。

「姫、安心しろ。俺がすぐに成敗してやるからな」

「安心しない。成敗したら、給料がもらえなくなるから止めて」

今月、涼子はかなりシフト変更を受け入れて店に出ていたから、いい給料になっているはずである。

第一、店長の田村が本物の殿の生まれ変わりかどうか一寸法師以外は分からないし、たとえ生まれ変わりであったとしても、今は脱サラしてこの店のオーナーになっている普通の人間なので、大人しく一寸法師の復讐対象にされる必要などどこにもない。

出てこないでよと一寸法師に念を押して、涼子はドアを開けた。

「ああ、ごめんねえ、涼子ちゃん」

涼子と交代するおば様が、もう店頭から引き揚げて事務所に待機していた。

「今日は昼間に子供の学校のＰＴＡの集まりが入っちゃって」

「大丈夫です。お疲れ様でした」

お子さんがいてＰＴＡ役員をしているのであれば、忙しくて仕方ないかと涼子は快く引き継いだ。この女性とは交代するときに少し話す程度だけなので、詳しい家庭環境とかは知らなかった。

学校のＰＴＡ役員の集まりなら行かなければならない、おそらくそういうものなのだろうと涼子は想像した。

「本当にねえ。役員会の前にランチでもしましょうですって。お店は『ペール・フランコ』って言うのよ。有名なお店みたいなんだけど、涼子ちゃん知ってる？」

快く交代するつもりでいた涼子に、おば様はまったく悪気なく尋ねてきた。

学校に行くのだとばかり思っていた涼子は、ランチかと少しむっとした。知っているかと聞かれた店は、ランチがリーズナブルだと彼女も聞いたことがあるカジュアルイタリアンダイニングだった。

ランチのためにシフト変更かとも思ったが、ママ友との付き合いを疎かにするのも怖いことなのかもしれないと涼子は思い直した。

職場の人間関係の方がドライでいられる分、ママ友同士の付き合いより気が楽かもしれない。

「涼子ちゃーん、もう出てもらっていいかなー」

「はーい、すいませーん」

おば様とのおしゃべりが終わらないので、事務所に残っていた田村から注意された。涼子は、注意という名の救出兼さっさと仕事しろの合図だなと理解した。おば様のおしゃべりに付き合わされていると、時間があっという間に過ぎてしまうから、店長なりに助け船を出してくれたということなのだろう。

まだしゃべり足りなそうなおば様にもう一度「お疲れ様でした～」と言うと、涼子は店に出た。

レジの中からぐるりと店内を素早く見回す。

朝の通勤時間帯が過ぎて、お弁当コーナーにかなりの空きスペースができている。補充は届いているが、レジ打ちで精一杯で、そこまで手が回らなかったというところだろうか。

次のお客さんたちのピークは昼食タイムだ。その時間帯は、車で移動する仕事の人や近所の会社の人も買いに来る。

それが過ぎるまで、涼子が今日のお昼ご飯を食べるのは無理。

おにぎりにサンドイッチ、お弁当、丼物、サラダに麺類。

気が早いことに、もうミニ冷やし中華も出している。

太平洋側はいいかもしれないけど、日本海側のこちらはまだ寒いのに需要はあるのだろうかと店頭に並んだときは涼子も心配したが、杞憂だった。冬の間食べられなかったからか、売れ行きは悪くない。

ミニサイズというのもいいのだろう。

コンビニの客層は幅広く、子供から年輩の方までいる。大盛りが商品として需要があるように、少量しか食べたくない、残したくない、ダイエットしたいけれど手の込んだ糖質オフ脂肪オフの料理をするより手軽にコンビニでカロリー表示を見て買う方が楽、などの理由をもった人だっているのだ。

そう考えると、ミニサイズの売れ行きは、そんなに悪いわけがないのだ。

「姫。姫」

レジカウンターから出て補充を始めた涼子の耳に、聞こえてはならない声が届いた。

あれほど話しかけるなと言い、本人も納得していたと思ったのにと、涼子は無視を決め込んだ。

そんな涼子におかまいなしに、ポケットから小さな声がずっと聞こえてくる。

「姫。今ならば殿は油断している。さっと行って、成敗してきてもよいな？　まずは脚の腱を攻撃して動きを封じ、それから滅多打ちだ。謝っても許してなるものか。俺が受けた屈辱の万分の一でも思い知らせてくれようぞ」

こんなことを言う一寸法師に、成敗してきていいなどと許可を出すわけがない。

涼子は、棚の一番下の食品の賞味期限を確認するふりをしながら膝をつき、左側のポケットを外からぎゅっと握った。

ぐえ、と苦しそうな声がしたが、幸い周囲に人はいない。涼子は、できるだけ小声で叱りつけた。

「姿を見せない約束でしょう。守れないなら、打ち出の小槌を発動させて、砂粒くらいの大きさにしてやる」

「しかし、この千載一遇のチャンスを」

「まだ言うつもり？　あんたのチャンスは私のピンチ。ポケットから抜け出したら、二度と家に入れないから、そのつもりでいて」

もう一度左手に力を入れると、涼子の本気が伝わったらしく、一寸法師は黙ってくれた。

ほっと涼子の肩から力が抜ける。今日の業務は、始まったばかりだというのに、既にとんでもなく疲れている。

補充の業務をこなしながら、客の動向に注意し、レジに並ぶようならすぐに閉じているレジを開けなくてはいけない。その合間に、余計なことをしようとする一寸法師を説得、もしくは強硬手段で止めなければならないのだ。

時給が上がらないかなと、涼子は有り得ないことを想像した。

危険手当、いや、店長に危害を加えようとする一寸法師を止める危険防止手当を申請したい気分だ。

そんなことを考えながら、賞味期限の切れた商品を取り除き、店頭から運び出す。

それから、店の一番後ろに並んでいるペットボトルや缶、アルコール飲料のコーナーの補充。裏側に回って、少なくなったものを棚に入れていく。

新商品も、売れ行きのいいものとよくないものに分かれている。

明後日、この地区のスーパーバイザーが来店予定だから、そこでチェックが入るはずだ。

スーパーバイザーは、この店だけではなく周辺の地域にある店舗も幾つか担当していて、週に一度は必ず来る。店長への指導の他に、売れ行きの傾向をチェックし、より店舗の売り上げが向上するようにアドバイスしてくれる。

半年前からここを担当してくれているスーパーバイザーは、店長だけでなく涼子たち店員とも気軽に話をしてくれる頼りになる人だ。

前の担当者は、店長としか会話しなかったし、なんとなく適当っぽい雰囲気で熱意を感じられなくて、涼子は好きではなかった。

親身になって店のことを考えてくれていると感じることができなかったのだ。

今の人が担当になってくれてから、店舗の売り上げも伸びてきて、実際に店頭で働く者としても仕事のし甲斐がある。当然忙しさも増したが、客の入りが悪く暇になるよりずっといい。

補充を終えて店内に戻ると、涼子はレジに入った。

もう片方のレジに入っている年輩の男性は、定年退職後にここに勤めるようになった人だった。

真面目だが、飲み込みは早いとは言えない。そのため、当面はレジの中の業務を中心に頑張ってもらうと店長から聞いていた。

昼前にはもう一人増えるはずだし、その前に揚げ物をやってもらってもいいだろうかと涼子は思案する。時計を見て時間を確認すると、男性店員に揚げ物を頼んで自分はトイレの掃除を始めた。

若い女に指示されて、返事はするけれど面白くないみたいな態度の男性は、それでもトイレ掃除を代わろうとは言ってくれない。ならば、揚げ物をしてもらうしかないということを理解してもらいたかった。

しかも、年齢は涼子の方がずっと下だが、この店での勤務年数は彼女の方が上で、月の勤務時間も長いのだ。最低限でいいから社会人らしく同僚として涼子に敬意を払ってくれてもいいのではないかと、涼子はトイレットペーパーの予備を出しながら、心の中で年輩の同僚男性のことを愚痴った。

涼子は大学を卒業する前からコンビニでバイトをしていたから、勤務歴は今年で三年になる。

コンビニは、客だけでなく勤めている店員もさまざまな人生を送っている人の集まりだ。男とか女とか年上とか年下とか国籍とか関係なく、仕事ができて店を上手く回していけるかどうかで判断してもらいたいものだ。

彼女が年輩男性相手にいらいらしながら忙しく働いている雰囲気を察知してか、一寸法師は話しかけてこなかった。

なので、涼子はいつの間にかうっかりと、一寸法師の存在を忘れてしまっていた。

トイレ掃除を終え、宅配の荷物を出しに来たお客さんに伝票を渡し、書いてもらっている間にサイズをメジャーで測ってレジに打ち込み、料金を確認する。

コーヒー豆の補充にも気づく。豆を出しながら、イートインコーナーに目を向け、あそこも簡単に掃除しておこうと思い立つ。

この店舗には、イートインコーナーがある。窓添いにL字形にテーブルが配置され、椅子が六席置かれている。

昼間はそんなに混まないが、いつ誰が利用してもいいようにしておかないといけなかった。

夕方以降、そのコーナーの利用者がぐっと増える。

中高生が学校帰りに寄って、軽食類を食べながらしゃべっていくのだ。

仕事帰りのサラリーマンは、ほとんどそこを利用しない。主婦も同様だ。

深夜になると、男性客の利用が増えるみたいだが、涼子はそこまでは把握していなかった。

彼女が深夜に一人で店内に残ることがないように、田村がシフトを組んでくれているからだ。

コンビニの売り上げが第一主義の店長だけれど、優しいところもある……というわけでもない。万が一、女の子一人を深夜の店舗に置いておき、物騒な事件に巻き込まれでもしたら閉店に追い込まれかねないので、その予防策なのだ。

涼子としては、深夜の方が時給がいいので、ここに勤めるときに深夜帯を希望したのだが、そういう理由でその時間帯のシフトは断られてしまった。

どんなに遅くても二十二時、普段は二十一時には上がるようにシフトが組まれる。

それは残念だったが、そこそこにいい職場環境であることには満足していた。一緒に働いている同僚からのパワハラもセクハラもない。

来店する客の中に質の悪い者がいないとは言えないが、毎日というわけではないし、きっとそんな客はどこの店にもいることだろう。

さて、そろそろバイトの人がもう一人来るはずと、涼子は時計を見た。

さっと事務所に入って、シフト表を確認する。

「あ、津野田さんだ、ラッキー」

今日これから涼子と一緒のシフトに入ってくれるのは、津野田章という男性だった。

彼女とほぼ同時期にこの店に入ってきた男性である。

無口で愛想はよくないけれど、よく働くし仕事覚えもいい。力仕事などは率先してやってくれるし、他の店員のことも手伝ってくれる。愛想がよかったら言うことなしなのだ。笑顔で挨拶をしてくれよ、津野田くん、と田村が時々注意する姿が今でも見られる。

「姫、何故笑う？」

「え？」

先ほどしゃべっていた涼子とおば様を注意した後、店長は一度帰宅したので、今は事務所内に誰もいないと分かっているからか、一寸法師がポケットから顔を覗かせていた。

そして、何故笑う、などとわけの分からない質問をされた。

涼子は、一寸法師の言わんとしていることが今一つよく分からなかったが、ああ、と気づいた。

「もしかして、お店でってこと？」

「うむ。俺と二人きりでいるとき、姫は一度も笑わなかったではないか」

一寸法師が言う二人きりと言うのは、アパートの涼子の部屋でのことだろう。

昨日初めて会ってから、笑う要素は皆無だった。

びっくりするか呆れるか怒るかだったのだ。仕方がない。

ううん、それだけじゃないなと、涼子は思い直した。

「本当は私、昔から不愛想な子だったのよ。今でもできることなら一切笑いたくないくらい。だから、あんたがアパートの部屋で見た私が、本当の姿」

面白くもないのに笑顔でいなければならないという理屈が、子供時代の涼子を苦しめた。

旅館の子は愛想をよくしなさいと、笑顔でいるように両親から口を酸っぱくして言われ続けた。にこにこしていれば、確かに客からもいい子だねえと声をかけてもらえる。

しかし、涼子は心の底から笑っていたわけではなかった。

ただただ、愛想笑いだけを瞬時に浮かべられる子になっただけだ。

旅館の仕事は嫌い、勉強も運動もできないし成績のよかったお兄ちゃんお姉ちゃんを知っている先生にもっと勉強しろと言われた学校も嫌い。

そんな自分を隠すように笑っていると、表情筋が死んだようになって、一人きりになると、ますます表情がすとんと落ちたみたいになくなるようになった。

ここでもそうだ。

来店する客がいるから、一緒に仕事をする人がいるから。上手に生きていくために笑顔を振りまいて、アパートの部屋に戻っても特に楽しみがあるわけでなく、笑うこともない。

「姫」

「うひっ？」

さすがに指摘されれば切なくもなるわけで、涼子はほんの少しの間物思いに耽（ふけ）っていた。そのため、一寸法師が服をよじ登って肩に乗っていたのに、気づくのが遅れた。

声が耳元近くで聞こえて、くすぐったさに思わず首をすくめる。そんな涼子の頬に、何かがちょんと触れた。

涼子はなんだろうとその感覚に気を向けた。

「俺は今の姫も好きだぞ。だが、俺は姫が笑うともっと綺麗になると知っている。姫。俺が姫の憂いを取り除いてやる。姫が心から笑えるようにしてやる」

「一寸法師……」

頬に触れているのが一寸法師の手だと、涼子は気づいた。

近すぎて逆に顔が見られないけれど、ものすごく男前なことを言われている気がする。

(今の私のことも好き？　何の取柄もなくて、惰性のようにバイトをして一日一日が終わっていく不愛想な私が？

ああ、ほろりときそう……)

「まずはあの殿の生まれ変わりを血祭りにあげて、この狭い家を姫に贈ろう！」

「いらない、店長が死んでも私にここの相続権はない、むしろ給料なくなるって言ってんでしょ。早く理解しなさいよ」

一寸法師への涼子のよろめきは、一瞬で消えうせた。

(いかん、私。いくら彼氏いない歴が年齢と同じだからって、簡単になびくんじゃない)

不意に事務所のドアが開いた。

「あ、津野田さん。こんにちは。これからですよね」

「……ああ」

入ってきたのは、津野田さんだった。今日も素の涼子に負けないくらいの不愛想ぶりだ。

口数も少なくて、最初は嫌われているのかと心配したが、誰に対してもそうなので涼子だけが敬遠されているわけじゃないとそのうち分かった。

それどころか、口数が多いけれど仕事をさぼりがちな人や、涼子が二十四歳の女だからと、後から入ってきて仕事もろくにできないくせにいばる年上の人に比べれば、百倍、いや、千倍万倍ましだった。

なので、涼子としては、これから昼の忙しい時間帯に突入する今、不愛想でも真面目な津野田がシフトに入ってくれるのはすごく助かるのだ。

「先にレジに入りますね」

「ん」

短い返事を残して、津野田は更衣室に入った。

涼子は自分の頬をぱんぱんぱんと三回叩き、気合を入れて笑顔を作った。その笑顔を貼りつけたまま事務所から出てレジに入った涼子は、自分の肩の上に一寸法師が乗っていることを思い出して、内心まずい！　と思いながらさりげなく自分の肩を触る。

　しかし、そこにはもう、一寸法師はいなかった。

（きっとポケットに戻ったんだな。これから忙しくなるから、絶対に顔を出さないでよね）

　涼子は心の中で願った。

　今から午後一時過ぎまで、この店はランチタイムウォー状態になるのだ。復讐復讐などと喚く一寸法師にかまっている暇は微塵もない。

「いらっしゃいませー」

　商品のバーコードを読み取りながら、次々と商品を手にしていく。

「お箸はご入用ですか。はい、ありがとうございましたー」

　次から次へと商品を差し出してくる客を、涼子は雑にならないぎりぎり可能な速さでてきぱきとさばいていった。

　隣のレジでは、着替えてきた津野田が年配の男性と交替し、同じように客の相手をしている。愛想はないが、仕事は的確だ。

　午前中はどうなることかと思ったけれど、この分ならどうにかいけそうな気が涼子はしてきた。ここを凌げば昼食休みがもらえて、それから少し頑張ればまた休憩を入れ、そのまま夜に突入して次の人と交代できる。

「お弁当は温めますか？」

忙しく働いているうちに、涼子は一寸法師のことをすっかり忘れていた。


十三時過ぎ。

客の波が一段落ついたところで、涼子は隣のレジの津野田から声を掛けられた。先にシフトに入っていたのは自分なので、涼子はありがたく休憩させてもらうことにした。

「ここ、いいから」

「すいません。お先、休ませてもらいます」

「ん」

礼を言って、涼子は事務所に戻った。

今日の昼食は、忙しくないうちにちゃんとレジを通して買っておいたパン二個と、自宅から持ってきたお茶だ。

更衣室から出してきたステンレスボトルを傾け、事務所に備え付けの湯飲みに温かいお茶を注いで一口する。

（はあ～、美味しい。なんか少し回復できる気がする。ずっと立っていたから、脚が

ぱんぱんにむくんでいるし）

　パイプ椅子に座り、踵(かかと)を上げ下げしながら、涼子はパンの袋を破った。

「……今ならこっそり出てきてもいいよ」

　メロンパンをちぎると、涼子は左のポケットに向かって呼びかけた。その言葉を聞いた一寸法師が、ひょこんと顔を出す。

　あのあと、一度も顔や声を出さなかったから助かった。そういう約束ではあったけれど、ポケットの中でじっとしているのはあまり楽しいことではなかっただろうに我慢してくれたんだなあと思い、お礼とご褒美の意味をこめて涼子はパンを差し出した。

「これは？」

「メロンパン。お茶もあるから」

　そう勧めるくらいには、涼子も気分がよかったのだ。

　その時までは。

　呼ばれてポケットからもぞもぞと出てきた一寸法師は、事務所のテーブルに上がった。涼子がちぎっておいたパンを手に取り、それを口の近くまで持っていったのに、なかなか食べない。

　初めての食べ物なら、これは何だ、どういうものだと騒ぐだろうと思っていた涼子は、あれ、と思った。コンビニに来る道の途中で、あれだけ騒いだというのに。もしや毒でも入っているのではないかと警戒しているのか。

「それ、美味しいよ。甘いのが嫌いじゃなければ。でも、喉は渇くかも。蓋にお茶を入れておくね」

せっかく勧めているのだから、食べてほしいと涼子は声を掛けた。お茶も少量をステンレスボトルの蓋に注いで冷ます。

メロンパンを食べ終えた涼子は、二個目のパンの袋を開けようと、手に取った。

「姫」

ようやく一寸法師が口を開く。

「うん？」

「何故この場所に」

——鬼がいるのだ——

「え…………」

涼子の手が止まる。

（鬼？　鬼って？　あの、角が生えている怖い鬼のこと？　どこに？　そんなものどこかにいた？）

「えっと……何？　どういうこと？」

困惑する涼子に、一寸法師は真剣な顔を向けてきた。

「姫が話しかけた男」

「話しかけた……津野田さんのこと？」

他に思い当たる男性はいない。せいぜいが田村だが、一寸法師は田村のことを殿と呼ぶので違う。

「そう、そいつのことを姫はそう呼んでいた。あれこそ、かつて姫を攫っていこうとした鬼の生まれ変わりだ」

「……嘘……」

涼子は呆然とした。

（嘘……！　津野田さんが、鬼？　鬼の生まれ変わり？）

「て、適当なこと言わないで。店長のことを殿って言ったり、津野田さんのことを鬼だって言ったり……」

「本当だ。俺には分かると言っただろう。あれは間違いなく鬼だ。しかも、あのとき俺と姫の前に現れた鬼の中でも、姫を担いで連れて行こうとした一番邪悪なやつだ。姫、あれに絶対近付くな」

一寸法師の言葉に、涼子は二個目のパンを口に運ぶことも忘れて固まってしまった。

あの不愛想だけれど仕事ができる津野田が、鬼の中でも一番悪い奴だなどと言われても、はいそうですかと信じられるわけがない。

そう、店長の田村もこの一寸法師が殿の生まれ変わりと言っているだけで、どこにも証拠はない。

そもそも、涼子が姫だという証拠もないのだ。

だから、津野田のことも、一寸法師が勝手に勘違いしているだけなのではないかと思いたかった。

「姫。俺は間違っていない。奴らを見つけ出すことができるよう、住吉の神から力を与えられているんだ。俺には分かる。姫も神と話をしたんだろう」

したと言えばした。けれど、あれはあくまで夢の中だったので、あれが本当に神様なのかどうか、涼子には実感が今一つなかった。

「えっとね。もし津野田さんが鬼の生まれ変わりだったとしても、きっと私みたいに記憶がないわけだから、絶対に手を出したら……」

「姫は凄い！　姫の傍らにいると、次々に俺の憎い奴らが集まってくる！　さすがは姫、俺の復讐のためにもその後の婚儀のためにも、姫の存在はなくてはならん！」

それは違うだろうと涼子はむっとした。

神様は、一寸法師が復讐を止めたら大きくして人間にしてやると約束してくれたのだ。だから、こうやって一寸法師が目覚めた今、次々とかつて関わった人たちの生まれ変わりが集まってくるのだろう。

いわば、これは一寸法師が普通の人間に戻れるか、再び封印されることになるかの試験みたいなものだ。

そう思い至った涼子は、これからのことを考えた。

（さて、どうしよう、どう説得しよう。

もう私たちに拘(こだわ)らないで、新しい人生を生きて、幸せになって。

よし、それでいこう！）

「あのね、一寸法師」

そう思って話し掛けたというのに、一寸法師の中ではもう行動は決まっていた。

「よし！　姫はこれから俺を打ち出の小槌で大きくするのだ。そうすれば、身に付けているこの剣も大きくなる。俺は殿と鬼の首をはねて復讐を果たしてから、姫を連れて逃げる！　大丈夫だ。打ち出の小槌さえあれば、金銀財宝思いのままに出せるのだから！　はははは！　これぞ好機！　そして、二人で逃げ切ったあと、最後の仕上げに神への復讐を共に果たそうではないか！」

「させるわけないでしょ」

ばさり！

「うお！　ひ、姫！　これは何だ！　甘い匂いがして、べたべたするぞ！」

涼子が被せたのは、さっきまでメロンパンが入っていたビニール袋だった。

「短い昼食休憩時間中に、何て物騒な話を聞かせてんのよ。パンとお茶、あげなきゃよかった」

おかげで、二個目のパンの味が、今一つ分からなかった。

涼子のバイト先にお殿様と鬼の生まれ変わりがいると分かった一寸法師は、この日から毎日バイトに同行した。

少しでも油断すると、復讐する、このような機会はまたとない、などと言い出すので、涼子は何度も自宅に一寸法師を置いて仕事に出ようとしたが、そのたびに姫は思いやりというものがないのか、俺が守ってやると申しているのに置いていこうとするとは、と涼子を責め、部屋を壊すと言って脅すので、結局同行させる羽目になっていた。

これが神様の言っていた、人生最大の福を授かるための試練だとしたら、本当にいらない！　と涼子はもう一度神に会って叫びたかった。

一寸法師を改心させるだなんて、到底できそうもない。こうも毎日復讐復讐と騒がれて、気持ちが殺伐としてきたような気がする。

涼子は、この先こんな状況がどれくらい続くのかと思うと、暗澹（あんたん）たる気分になった。

其の三

万引き犯と一分間ヒーロー

「……九条さん」

「は、はい？」

そんな日が続いていたある日、涼子は唐突に津野田に話しかけられた。

時間は夜の二十時になろうかという頃。

今夜は他にもう一人シフトに入っていて、三人体制で働いている。その人が事務所に引っ込んだのを見計らっていたかのようなタイミングで、津野田が涼子に声を掛けてきた。

「最近変だ。珍しいなと思い、涼子は津野田の方を向いた。

「最近変だ。何か悩み？」

「え……」

津野田からこんな風に話しかけられるのは初めてで、しかも心配されるとは！

すっかり驚いた涼子は、すぐに返事ができなかった。

無口で不愛想な津野田は、相変わらず不愛想な顔でにこりともせずに、涼子をじっと見ていた。

涼子は、思わず心配になる。

(私、何か変なことでも口走ったんだろうか。

それとも、まさか一寸法師と会話しているところを見られたとか？)

それだと困るので、涼子は接客用の精一杯の笑みを浮かべてみせた。

「えっと全然大丈夫ですよー。それとも、私、どこかおかしいですか？」

「……」

「津野田さん？」

津野田は、それきり何も言わずにぷいと横を向いてしまった。せっかく作った愛想笑いの笑顔が浮く。

(何なの、津野田さん、何が言いたかったの。

悩みならあるけれど、まさか一寸法師が現れて同居してます、自分と関わりのあった人の生まれ変わりを探して復讐しようとしてます、それを止めさせなさいと神様に言われています、なんて言えるはずもない。

一寸法師のことを気にしながら働いているから、やっぱり不審な動きをしていたのかも。

やだなあ、変な女だと思われたら。

津野田さん、一緒に働いていてやりやすかったんだけどなあ)

涼子は、何だか悲しい気分になった。津野田とはこれまで特に何事もなく組んで仕事をしてきた。好かれているとは思っていなかったが、嫌われているとも思わなかったのだ。しかし、今の会話ですっかり自信がなくなってしまった。

そんなことを考えながら仕事をしていたから、見逃してしまったのかもしれない。

その日、仕事を終えたのは二十一時。

夕方から入った店長と津野田に挨拶をし、涼子は先にあがらせてもらった。

あの後挨拶をするまで一度も話をしてくれなかったな津野田さん、と思いながら店の裏の自転車に跨ると、涼子のグレーのコートから頭だけ出した一寸法師が言った。

「姫。仕事では貨幣と引き換えに商品を渡しているのだったな」

貨幣と言われ、ああ、お金のことねと涼子は少し考えてから答えた。レジの仕事をしている時間も多いので、一寸法師もポケットからお金を見ていたのだろう。

そのうち、一万円札と五千円札と千円札を出して、違いを教えた方がいいのだろうかと涼子は思った。

「そうねー。支払いはお金だったりカードだったりするけど、商品はただではあげられないわね」

ポケットの中から何日間も涼子が働く様子を見ていて、お金のことが分かってきたのか、それともコンビニの仕組みに興味でももったのか。

（もしもそうだったら、復讐なんて止めて人間になって、一緒に働くっていうのはどうかな。この大きさで打ち出の小槌を持ちあげたくらいの力持ちだから、大きくなったらもっと重いものもひょいひょいっと運べそうよね。

私と一緒に働こうってそう提案したら、案外受け入れられたりして。

そうしたら、復讐なんて言わなくなるんじゃ……）

「あのね、一寸法師」

「ならば、勝手に商品を持っていくのは、何と言えばいい。盗人で合っているか」

盗人。

あまり聞かない言い方に、涼子は一寸法師の言いたいことがすぐには分からなかった。

「そういうときは、万引きって言うの。強盗って言うこともあるけれど」

「万引き」

万引き、万引き、と一寸法師は何度か呟いた。

それを聞いているうちに、涼子は何だか嫌な予感がしてきた。

まさか。

「一寸法師！　もしかして……！」

「万引きがあったぞ」

「！」

その言葉に、涼子は一瞬固まった。

（万引き……私のシフトの時に万引き……！）

ショックが過ぎ去ると、涼子は自転車をもう一度ロックして、店の中に戻った。

さっき帰ったはずの涼子が店に戻ってきたので、田村も津野田も驚いていた。

そんな二人の様子より、涼子はさっき一寸法師が言ったことが気になって仕方がなかった。

一寸法師は、「万引き」と言った。

お金を払わないで勝手に物を取っていく者は盗人ではないかと尋ねてきたので、きっと万引きで合っているのだと思う。

「ねえ、法師。どの棚？　こっそり教えて」

涼子はレジの方に行かずに商品の陳列棚の方を向くと、田村と津野田に気づかれないよう小声で一寸法師に囁いた。

コートのポケットの中で一寸法師がもぞもぞと動いた気配がした。頭をほんの僅かだけ出して、店内を見回す。

「あそこだ」

一寸法師が小さな腕を精一杯伸ばして指した先は、アルコールが置いてある棚だった。缶ビールや缶酎ハイ、白ワインなどの一部は、他の清涼飲料と同じように冷やしてあるが、それ以外は棚に並べてある。

そこはレジから遠かった。

その棚のレジに近い方の端から真ん中あたりまでパンが並び、それからお茶やコーヒー豆、その横にアルコール類という配置になっている。

涼子は、そのアルコールの棚の前に立った。

「どこら辺？」

涼子の問いに、一寸法師は迷いなく手を伸ばして、ある場所を指し示した。そこは、カップの日本酒が置いてある場所だった。

手前のスペースに空きがある。

少なくとも、涼子は日本酒をレジに通していない。

「涼子ちゃん、買い物？」

不審に思った田村が、涼子に声をかけてきた。

突然戻ってきてアルコールの商品の前で立っているバイトの存在は、確かに気になるだろう。

涼子は、万引きのことを伝えなければと、田村の方を向いた。

「実はその……」

涼子はここではたと気づいた。田村や津野田に何と言って説明したらいいのだろうと。

一寸法師が万引きを目撃していたので、戻ってきましたなどと言えるはずがない。いくら本当のことだとしても、そんなことを言ったら頭の方を疑われる。

涼子は、なんとかいい説明を考えた。

「えっとですね、実はレジをやっていて何か変だなーって思っていて……でも、自分でも何が変なのかよく分からないまま帰る時間になったんですけれど、何だかもやもやして……」

「うーん？」

田村は首を捻った。

言っている涼子自身、苦しい言い訳だと思う。それでも、分かってもらいたかった。

「そうだ、店長！　ここ！　ほら！　ちょっとスペースが空いているでしょう？　私、今日レジで一度も日本酒売ってないんですよ！」

「ん？　もしかして涼子ちゃん、万引きって言いたいの？」

ようやく田村が気づいてくれたので、涼子はぶんぶんと頭を縦に振って頷いた。

津野田はちょうど客がレジに並んでいたため手を放すことができず、涼子と田村は店の奥の事務所に入った。

田村はそこにあるモニターを操作し、防犯カメラの映像をチェックするから、いつ頃万引きがあったのか教えてくれと言ってきた。

（うわ、まずい、私、見てないのよね、本当は）

涼子は、しどろもどろになった。

「えっと……時間は見ていなかったのでよく覚えていないんですけれど……」

そう言いながら、ちらりとポケットに視線を送り、手で外側から触れる。いつごろか、どうにかして教えてもらえないかと、わずかな望みをかけたのだ。しかし、ポケットに一寸法師が入っている気配はなかった。

（ん？　いない？　どこにいったの、こんな時に！）

「姫。つい先ほどだ」

「ひゃっ⁉」

耳元で急に声がして、涼子は思わず変な声を上げてしまった。

不審そうな田村の視線に、「…くしょん、ひゃっくしょん……すいません、くしゃみが」などと苦しい誤魔化し方をする羽目になった。

耳元で声がするってことは、涼子の肩に一寸法師が乗っているというのか。涼子は内心焦りまくる。

（バレたらまずい！　どうすんのよ、一寸法師！）

「姫、童(わらし)らが何人も入ってきた時だ。その背後で男がやった」

一寸法師は、涼子の耳元で囁いた。童というのは子どものことだからと考えた涼子は、あっと思った。

一寸法師の言うことが正しければ、時間帯がおおよそ分かる。

「て、店長！　えっと、正確な時間は分かりませんけれど、塾の帰りの子供たちがどっと押しかけてきた時です」

「ああ、いつもの」

田村にはそれで通じた。

近所に学習塾があり、授業が終わるとお腹を空かせた子供たちが何人もやってきてスナック菓子や軽食などを買っていくのだ。

本当だったら夕食を食べ終わっている時間だっていうのに、そこまでして勉強しなくちゃならないなんて気の毒だな、と涼子は思う。自分は勉強が嫌いだったし近所に塾なんてなかったから行かなかっただけで、最近の街中の子はこれが当たり前なのだろうか。

ともかく、塾帰りの子供たちが店にどっと入ってくる時間は、毎日ある程度決まっていた。

田村は、録画機械を操作して、アルコール類が置かれた棚付近を映しているカメラの映像を巻き戻した。

狭い事務所の中で二人（正確には、見つからないようにこっそりと再びポケットに戻って顔を出している一寸法師を入れて三人）で映像を倍速で送っていくと、子供たちの集団が映った。

そこからは、速さを通常に戻して見る。

店の奥にある清涼飲料の冷蔵の棚から出したのだろう、ペットボトルを持っている子が何人かいた。その子らが、後ろからパンのコーナーに移動する。

その背後に隠れるように、男が一人移動してきた。

黒っぽいジャンパーを着て、両手をポケットにつっこんでいる。

棚をちらりと見てから、顔を別の方に向けて違う商品を見ているふりをしながら、その手がポケットの中からすっと出て日本酒のカップを掴(つか)んだ。

「あっ！　や、やりましたよ、ほら！」

涼子は思わず叫んでしまった。あまりにも決定的な瞬間すぎて、少しだけ興奮してしまったのだ。

「本当だ……」

田村も映像で確認できたので、涼子の訴えをようやく本当のことだと信じてくれたようだった。

「他の映像も見てみませんか。お酒だけじゃなく、他のものも盗っているかも」

お酒よりももっと高額のもの、あと生活に必要なものでも盗ったか、それとも本当にお酒めあてか。

この万引き犯の中年の男はどことなくがらが悪そうで、涼子は映像を見ているうちにだんだん思い出してきた。

この人、パンやペットボトルやレジ横のフライものを買い求める子供たちに交じって、パンを一個だけ持ってきた人だ。ああ、私、こいつが日本酒を隠し持っているなんてまったく気づかずに、パンを売っちゃったわ、と。

金額を確認したり、男が小銭で払ったのを確認したりしているときに、一瞬だけど男から視線が逸れたのを思い出し、仕方ないことだとはいえ涼子は脂汗が噴き出しそうだった。

レジの前には、個売りのチョコや和菓子などが置いてある。それを盗られてなくて本当によかった。

「よく気づいたね、涼子ちゃん」

田村が、他の防犯カメラの映像も巻き戻しながら涼子を褒めた。

「あ、いえ……」

(違うんです、店長。実は全然気づいてませんでした、気が付いてくれたのは一寸法

師なんです、ただしあなたの命を狙っているんですけどね）

という真実は、絶対に言えないと、涼子は「まあ、なんとなく」と言葉を濁すことになった。

田村は、「津野田くんも呼んできて」と言った。

いや、店頭にいるの津野田さんだけなわけだし、津野田さんと店長の二人が引っ込んじゃったらどうするんですと思ったが、そうか、私がもう一度制服を着ればいいのかということに涼子は気づいた。

この万引きを申告したのは涼子だ。これで、はい報告しました終わり、と帰っていくことはできなさそうだ。

これ、時間給が発生するよねと思いながら、涼子はロッカーから制服を出してさっと袖を通し、事務所から店内に戻った。

その姿に目を丸くする津野田に涼子は、店長のところに行ってくださいと伝えた。

帰宅するために店を後にしたはずの涼子が戻ってきて、田村に万引きのことを告げたことはレジを打っていた津野田も分かっていたらしく、察した様子で涼子とレジを交代して事務所の中に引っ込んだ。

二十一時過ぎ程度の時間帯では客がいなくなるわけもなく、涼子の店員としての業務はしばらく続くことになった。

津野田さん、早く戻ってきてくれないかな、などと思いながら。

二人が戻ってきたのは、それから二十分以上経ってからだった。

お客さんが途切れたのを見計らって、津野田が「俺もあのお客さん、見覚えあります」とぼそりと呟いた。

安いパンを一個だけ、しかも小銭で購入していて、個人情報は全然分からない。

ただ、このお店を利用したのは初めてではないのではないかと三人は話し合った。

あの時間帯に子供らに紛れて犯行に及んだと言うことは、何曜日の何時頃に子供たちが何人もやってきて店内が混むと分かっていたのだ。

もしかすると、下見もしていたかもしれない。その時も、怪しまれないように安いものを一品くらいは買っていたのではという意見が出た。

今日以外に男が店に来ていたかどうかは、まったく覚えていない。だが、映像を見せてもらって顔は覚えた。

（次に来店した時は覚悟しとけよ、泥棒め。

よりにもよって、私の勤務時間帯に万引きなんかするんじゃない。

昼間のおば様の時間帯も、慣れないのにプライドが高いおじさんの時間帯もダメだけれど、私の時が一番ダメだ、すごく気分悪い）

ともかくも、涼子は一応店長に頭を下げた。

「しっかり見ておけばよかったです。本当にすみません」

半分は申し訳ないという気持ちで、半分は不可抗力ですよねこれ、という気持ち。

こちらはレジカウンターの中にいて、しかも子供たちから次々にお金を受け取り、お釣りと商品を渡して……を繰り返していたから、他に注意を向ける余裕はなかったのだ。

できることなら、もう一人雇ってください店長、と涼子は思うけれど、曜日によってはそのもう一人がいることもあるから、今夜はついてなかったということになる。

涼子の方から謝罪してみせると、田村は特に怖い顔にはなっていなかった。

ただ、表情に出していなかっただけで、内心不満はあったらしく、涼子にこんなことを言った。

「いやいや、店には津野田くんもいたわけだし、涼子ちゃんだけのせいじゃないから。気づいてくれてよかったよ。ただねえ、レジ対応しているならやはり気づいてもらいたかったなあ」

やっぱり心の中では私への文句たらたらか！　と涼子はぐっと堪えた。

（そりゃあ、私だって自分が気づけなかったことに忸怩たる思いはありますよ。

けどねえ、無理は無理、私の頭も目もこれ以上数は増えない。

一寸法師がいなかったら、もっと発覚が遅れていただろうし、防犯カメラの録画映像を延々と見続けることになったんだから、多少は感謝してもらってもいいんじゃないかな。

この田村店長、決して悪い人ではないんだけれど、店の利益が最優先だから今一つ言葉に気持ちがこもらないことが多いというか、柔らかい言い方だけどこちらに非がある時はちくちくついてくるっていうか、ああもう！）

それでも、雇われている身、自分がいた時間帯に発生した事案なので、涼子はもう一度頭を下げて謝罪した。

「すいません……」

「店長。すみませんでした」

涼子の謝罪に被せるように、津野田も田村に謝った。

津野田さんは隣のレジだったし、そのお客さんの対応をしていないんだから、謝ることなんかないのにと、涼子は思った。

津野田の謝罪に、店長は彼の方を向いた。

君のうっかりではないだろうって言ってあげればいいのにと涼子は思ったが、店長の口から出た言葉はこれだった。

「津野田くんもいたんだよね。君もしっかりしてくれよ」

（いやいやいや、津野田さんがしっかりしていなかった時があったか、これまで。

言葉数が少なくて愛想も素の私以上にないけれど、仕事はきっちりこなしている真面目青年でしょうが。

深夜帯に入ってくれる貴重な勤労青年を、不当に責めてはいかん）

「それより、すっかり遅くなっちゃったねえ。気を付けて帰るんだよ、涼子ちゃん」

やっぱり！　と涼子は、予想が当たったことをとても残念に思った。

津野田に代わってレジ打ちして来店した客に対応していた時間は、サービス残業ということになるわけだ。

口にしないだけで、もしかしたら一時間分増やしてくれるかもしれないけれど、明言していないのでないかもしれない、ここは諦めておいた方が後々悔しい思いをしなくて済むなと判断し、涼子は「お疲れ様でした」とのみ答え、短時間だけ着た制服を脱ぎに更衣室に戻り、コートを羽織った。

コンビニを出て自転車を押しながら歩くと、ポケットから一寸法師が出てきた。

そのまま入ってくれていた方が漕ぎやすいのに、またしてもコートをずりずりとよじ登って、涼子の胸元近くまで来る。

あんたは、大木を登る猿かと、思わず呟く。

そのお猿さん法師は、コートの大きめのボタンとボタンの間に体を突っ込んで、頭だけ出している状態になった。おかげで黒いボタンがもう一つできたかのような、デザイン的には不格好な見た目になった。

そして、なりは小さくても実はそれなりに成人した男性ではないかと思われる法師が、若い女性の胸近くに密着しているというのもかなりよろしくない。

「おのれ、殿め。せっかく姫が教えてやったというのに、叱責とは。昔からそういう男だった。狭量で己が間違っているとは露ほども思わんのだ」

一寸法師は、ポケットの中で田村と涼子の会話を聞いていたのだ。涼子が何度も謝ったり田村からお小言をやんわり言われたりしたのを聞いていたので、涼子よりも津野田よりも実質損失を被った田村よりも、一番怒っていた。

その気持ちは、分からないでもない。万引きに気づいて教えてくれたのは、この一寸法師なのだ。

彼が、店の損も復讐の一つだと考えて沈黙を選んでいたならば、商品をチェックするまで気がつかなかったかもしれない。

日本酒のカップは消費期限が短い商品よりどうしても在庫確認が遅くなる。そうそう爆発的に売れるものでもないから、売れたら補充するくらいだ。

そう考えたら、自分くらいは一寸法師に感謝してもいいんじゃないかと涼子はそう思った。

なので、「教えてくれてありがとう」と小声で伝えた。

「いいのだ。俺もああいう輩は好まんし、何より姫のお役に立てればと思ったのだ」

粘着気質で自分が受けた屈辱をずっと引きずっている一寸法師だけれど、正義感がないわけではないらしい。

ただし、それがいつも常識的に働いているわけではないのがひたすら残念である。

お殿様の娘のお姫様を鬼から助けたのは、この正義感からだったかもしれないし、恋するお姫様を攫われそうになれば、それは戦いも挑むだろう。針にすぎないかもしれないが、刀も一応は持っている。

問題は、その姫を自分のものにするために陥れたということだ。こともあろうに、口に米粒をくっつけて、食い意地が張っているかのように主張して。

そんなことをして、真実を知った姫が怒らないわけがないのに、何故か正直に言った自分は悪くないし、許さない姫は狭量だってことにすり替わっている。

残念なイケメンだと涼子はしみじみと思った。お姫様から大きくしてもらったところでめでたしめでたしになっておけばよかったのに、余計なことを言うからこんな中途半端な三寸法師になったのだと思うと、不憫だと思わないでもない。

とりあえず、明日以降店に連れていった時に店長に下手なことをしないよう、フォローだけはしておこうと思った。

「店長としては当然だと思うよ。むしろ、もっと怒られるかと思った」

「何故だ」

「だって、本当に気がつかなかったんだもん。その時お店にいた店員が、万引きの現場を見逃しちゃったってことになるでしょ？　注意が足らなかった、店に損害が出たのは店員のせいだって、理不尽な責め方をされた子もいるって話を聞いたこともあるし。ここの店じゃないけど」

信じられないことだけれど、そういうことがないわけではない。

ようするに、その気の毒な子は店長の怒りのはけ口にされたという話だ。

大学の時にバイト先の店でそういう目にあった子がいたのを涼子は思い出した。責められて、気の毒なくらい落ち込んで、とうとうバイトを辞めてしまった。

さすがにお店から損害賠償なんて話をされることもなかったらしいけれど、辞めるまでの給料をくださいと言い出しにくくなって、たいそう困っていたように記憶している。

店側も、ベテランの従業員には言いにくいことも、若いバイトの子には言いやすいってことなんだろうなあと、涼子は思う。

今はあまり酷い対応をすれば、ＳＮＳで拡散される恐れもあるし、人手不足も手伝って、万引きされた商品の代金をバイトに負わせるなんてことはしないだろう。だが、世間知らずの若い女の子にとっては、代金の肩代わりを匂わせただけで十分な脅しになるのだ。

　そう考えると、田村の嫌味くらいは可愛いものだ。だから、あまり気にしないことにしようと、涼子は自転車に跨った。

　力を込めてペダルを踏むと、ぐんとスピードが出て頬に当たる風が一段と冷たくなる。夜は人通りが少ないので、すいすい進むのがいい。

　夜風に一瞬コートの中に引っ込んだ一寸法師は、また顔を出してきた。

「ううむ……姫は苦労しているのだなあ」

　しんみりした声でそう言われると、涼子は今の生活が侘しくなる。

　涼子の暮らしは実際に侘しいし貧乏だし、将来の展望なんてものもない。しかし、実家の旅館に戻らないと決めた時から覚悟の上だし、食べていけないほどの生活ではないから平気だ。いや、平気だと思いたかった。

　一寸法師から寄せられる同情より、田村からの嫌味より、涼子は時間と共にふつふつと湧き上がる怒りの方を強く感じていた。

　一寸法師に言われて田村と映像を確認している時には、ショックの方が強かったからここまで悔しいと感じなかったのかもしれない。

「ええい、あの万引き犯め、憎ったらしい！　あの時間帯を狙ったとしか思えない！」

　自転車を漕ぎながら涼子が毒づいたので、一寸法師はびっくりしたようだ。

困惑したような声が、風に紛れて届いた。

「姫、それはどういうことだ」

涼子は、一寸法師が知らないことを説明した。

「近所に学習塾があるのよ。あの時間はちょうど塾が終わって、小学生や中学生がどっと押し寄せてくるの」

学校知ってる？　と涼子が尋ねると、一寸法師は「分からん」と答えた。

そうか、一寸法師が生まれた頃には学校なんてものはなかったか。涼子は簡単に、字の読み書きとか計算とか、その他難しいことを子供たちに教えてくれるところだよと説明した。

「では、その学習塾というものは何だ。学校とは違うのか」

どちらも勉強するところなので、説明が難しい。

学校の勉強を学校以外の時間でするのが学習塾、などと説明をしてしまったが、全部が間違いというわけではないからよしとしようと、涼子は訂正しなかった。

一寸法師は、「この時代の子らは、何と勉学好きな！」と言っていたが、それについては涼子は非常に申し訳なく思った。彼女は勉強なんて大嫌いという子供だったのだ。

学校の説明で途切れてしまった会話を、涼子は再開した。

「塾が終わるとお腹がすくんでしょ。若い子たちだもの。中には、夕食を食べずに塾に行く子もいるみたいだし。おかげでうちの店の売り上げに貢献してもらっているんだけれどもね。だから、その時間は店内もレジも混むから、ついレジの対応が優先になるってこと」

それどころか、バイトに入ってすぐの頃、田村や当時のバイトの先輩から教えられたことがある。

高校生たちが何人かのグループで計画して万引きをしたことがあり、それに関して警察に被害届を出したところ、学校や保護者も絡んで面倒なことになったそうな。

グループでの万引きなんて、明らかに窃盗で犯罪でしょと思うのだが、学校や親は「まだ子供なのに」「将来を考えてほしい」などと逆に文句を言ってきたそうだ。

（アホらしい）

それを聞いた時に涼子が一番初めに思ったのが、「アホらしい」だった。

そうやって庇われた子が将来どんな子になるのか、想像したことがあるのかと思った。そんな人たちを相手にして、めちゃくちゃ苦労したんだろうなあ、店長、とも。

「今回は相手は大人で単独犯。そっちでなくてよかった」

「何故よかったなどという」

不満気な一寸法師の声に、確かにそうなんだけれどねと思う。

盗みは盗み、犯罪ダメ、絶対。

「姫の店から物を盗むなど、そのような極悪な者を極刑にするのに年齢など関係があるものか」

「万引きで極刑とか、そっちが物騒だわ。ただ、受験生なのに、警察や学校や親に連絡が行ったりしたから、その後が大変だったろうとは思うよ。そりゃ、万引きは犯罪なんだから仕方ないんだけど、受験のプレッシャーっていうのもあって、ストレスでやっちゃう子もいないとは限らないし。学校を停学になってショックで不登校になったり、受験に失敗したりしたら、それこそ大変だし」

「自業自得ではないか」

「それはそうなんだけど……あと、店への批判もあったみたいよ」

「？」

残念ながら世論は、常に正義の味方ではない。圧倒的多数は、優しさなんかではできていないのだ。

「そこまでやるかって、関係ない人が店を批判するってこともあるのよ」

むしろ、そちらの方が店長は辛かったと思う。

「物を盗まれた側を、何故批判など！」

「知らない。若いんだから、そういうこともある、穏便に済ませてやれよってことなんじゃないの？　私からしたら、バッカじゃないのって言いたくなる意見だけどね」

　顔の見えない相手から、正論ぶった苦情の電話が寄せられ、本社にまでメールを送る輩もいたとのこと。何故被害に遭った店が悪いってことになるのか、その辺の理論が涼子には全く分からない。

「万引きで潰れる店だってあるのよ、実際。盗られたものは、実質的に店の責任で代金をかぶらなくちゃいけないわけでしょ。しかも、盗んだ側が面白半分、スリルを味わいたくてやったとかっていうクズな理由だったら、私だって心の中じゃあんたと同じく極刑にしちまえって思うわよ」

　言わないけれどと、涼子は声に出さずに呟いた。

　そんなことを公言しようものなら、何だあの店の店員はってことで余計叩かれることになる。だから、店員としては対応を店長に任せて沈黙を守るしかない。

　そこんとこを分かれ一寸法師、と思うものの、もちろん分かってもらえるわけもなく。

「おお！　俺と姫はやはり相通じているのだな！」

　通じていない。

「それよりも、今度から万引きに気づいたらもっと早く教えて」

「教えたらどうするつもりだ」

「そいつが店を出るまでずっと監視する」

「む。監視というと、見ているだけということか。そやつに声をかけんのか」

「だって、これからレジに持っていこうとしたのに犯罪者扱いかって逆ギレされて訴えるぞって騒がれるかもしれないでしょ。レジを通さないものを持ってドアから出た瞬間に、現行犯になるのよ」

　本当であれば、その場で問い詰めたい。

　でも、一寸法師に説明したようにこれから買おうとしていたと言い訳をされたら、相手に問いただしたこちらの非になりかねない。そこのところが微妙なのだ。

　商品は、お金を払って初めて店外に持ち出されるわけで、逆に言えば店内にいたら持ち歩いていてもこちらは文句をつけられない。

「うむむ……開き直りというやつか。ますます許せんな、大悪党め。やはり、俺が直々に成敗せねば！　姫を困らせるような輩は、生かしてはおけん！」

「成敗するな」

　万引き犯であっても私刑は禁止。

　この大きさの一寸法師に何ができるというわけでもないかもしれないが、鬼にしたように体の中に入って内臓を突き回すなんてことをされた日には、傷害事件もしくは殺人事件発生だ。

「だが、先ほど万引きで店が潰れることもあると、姫は申したな」

「あ、うん。うちみたいなコンビニではどうか分かんないけど、個人経営の小さなお店が潰れたって話は聞いたことがある。書店とか大変らしいよ」

　本は薄利多売ということもあり、個人経営の書店がそれを繰り返されたら、たまったものではないだろう。やっている側はそれほど悪意も罪悪感も持っていないかもしれないけれど、お店で働く人の生活を潰してしまうほどの大きなことを引き起こすことにだってなりかねないって理解してほしい。

　島育ちの涼子は、子供の頃に大きな商業施設に行ったことがない。代わりに、学校の近くにあったおばあちゃんが一人でやっていた文房具店や、おじいちゃんがやっぱり一人で店番していた本屋さんを利用していたことを思い出す。そんな人たちが被害にあったとしたらと考えると、胸が痛くなってしまうのだ。

　誰のことも傷つけない無害な人たちを苦しめる犯罪、許すまじ！

「書まで盗むとは。よほど貧しく、勉学への熱意からのでき心であるのだな」

　先程まで極刑だのなんだのとうるさかった一寸法師が、いきなり万引き犯に感心するようなことを口にしたので、涼子は思わず「はあ？」と声に出してしまった。

「なんで盗むものが本だと、同情的になるのよ」

「書で腹は膨れぬし、勉学以外に使い道などなかろう」

ああ、そうか、本=勉強って思っているわけねと納得する。

その頃は漫画があるわけではなかっただろうし、写真集も雑誌もなかっただろう。

紙自体が貴重な存在だったのではないだろうか。

(これはあれだ、ジェネレーションギャップってやつだ、世代間格差。

世代の範囲が広すぎるけれど)

などと、涼子は時代の差について改めて考えた。

「本は売れる。漫画だったら勉強には使わないし、読んだらやっぱり売るかもね。つまり、スリルを味わって小遣い稼ぎもできる。まあ、ほしい漫画本だったら自分の本棚に入れてとっておくってこともあるかもしれないけれど」

「なんと！　盗んだ書を売りさばいて金品と交換するとな？」

想像もしていなかった説明を受け、一寸法師は愕然となったらしかった。

箱の中に封印されて眠っていたので、あまり世間というのものを知らないまま時代が移り変わってきたのだろう。

そんな一寸法師には、今の世の中はどう映っていることか。

便利になったの一言では片付けられない。万引き一つ取っても荒んだ恐ろしい世界に見えていないといいのだけれど、と、祈るような気持ちに涼子はなった。

何故なら。

「姫、今の世は悪人だらけではないか！　やはり、俺が姫を守らねば」

やはりこう思ってしまったか。こういう直球の結論を出してくるから困るのだ、この似非紳士のヒーローが、と涼子は毎日つきすぎて癖になった溜息をついた。

「守らなくていい。さっきから言ってるけれど、万引きしている人を見かけたら、他の店員に見つからないように合図を送ってくれたら助かるってだけのことでしょうが」

「そこなのだが、姫よ」

「何？」

「万引きが重なり、店が立ちゆかなくなればあの殿が大変困るのだろう？」

「そりゃあ、店長さんなわけだから、店の経営に支障を来したら一番困るでしょうね」

あのコンビニでそこまでのことは起きないと思うものの、損害は店が被るので困るのは田村ということになる。

そこは正しいのだが、一寸法師が殿の生まれ変わりと言っている店長を気の毒に思うはずもなく。

「では、教えん！」

ものすごく偉そうに言われた。

「はあ？」

「ふふふ、困ればよいのだ。あの殿が己の資産を失って、絶望のあまり首でも括ってしまえばよい！　助ける必要などないわ、ふはははは！」

　べちっ
「姫！　痛いではないか！　何をする！」

ちょうど信号で止まったので、涼子は自分の胸元を掌で強めに叩いた。

「痛いのはあんただけじゃない、自分で自分を叩く私だって痛いんだから、ちょっと黙れ」

涼子は、一寸法師に言い聞かせるように何度目かになる理由を語った。

「あのね、何度も言うけれど、店が経営危機に陥って困るのは、店長だけじゃない。私のクビが先に切られる可能性を考えて。店がなくなったら、給料もなくなる。働き口を探す手間だってあるし、今のところはあの店に馴染んでいて働きやすいの」

チェーン店は市内にいくつもあるから、バイト先に困ることはないと思う。別のチェーン店という手もある。

コンビニ業界、仕事はだいたい同じだ。

しかし、職場が変わると言うことは人間関係が新しくなるわけで、別のお店の店長がもっと鼻持ちならないやつだという可能性もある。

今の店長である田村は、物言いにあまりこちらを気遣っていないという本心が見え隠れするものの、パワハラもセクハラもないからありがたい。

そんな勤め先を失くしてなるものかと、涼子は今の立場を死守するつもりでいた。

なのに、一寸法師はそこのところを分かってくれない。

「姫をこきつかう殿なんぞ、助ける価値もないわ。姫は打ち出の小槌を持っているのだから、もう働かなくてもよいのだぞ。さあ！　今こそ小槌を振って、金銀財宝を溢れるほど出し、俺の背も高くするのだ！　さすれば、あのような殿の元で働く必要もなくなるし、俺は殿と鬼の両方を成敗し、姫を連れて新たな地で豪邸を築き幸せな日々を」

「誰が送るか」

ここでコートから摘まみ出して捨てていくという選択肢を取らなかったことに、涼子は我ながら我慢強いと思う。

結局、帰路の間中小声で言い合いながら、涼子は一寸法師を自分のアパートまで連れ帰り、一緒に遅い食事をとった。

一寸法師のお風呂にちょうどいいかと、古い丼にお湯を入れて、タオルを用意しながら、彼の体に合う着替えがまったくないことに今更ながら気づく。

「かまわん。着慣れているし、そう汚れているものでもない」

汚れていないわけがない、年代物の着物も袴もずいぶんくたびれているように見える。封印されている間は、着ているものの時間も止まっているんだろうかと、涼子は興味津々に着物を見る。

（何度も目を覚ましては復讐に失敗して封印されることを繰り返してきているのだし、着た切り雀ではちょっと気の毒……）

いずれどうにかしてやろうと思いながら、私もシャワー浴びてくるから絶対に覗かないでよ、あんたもその間にお風呂に入っちゃってと言い残し、涼子は浴室に向かった。

いずれどうにかと考えるということは、これからも一寸法師と暮らしていくのだと無意識で認めていることに気づかないまま。


その後、店長は警察に被害届を出した。

映像も証拠として提出したが、いまいち不鮮明な映像のみで相手の名前も住所も分からないということもあり、警察は聞き込みや近隣の店舗での同様の被害の有無など捜査は一応しますと言いつつも、また来店したら連絡をくださいと言い残していった。

他に捜しようがないんだろうなあと、田村は涼子や津野田とも話し、三人で溜め息をついた。

「捕まってくれたらありがたいですけど、そうでなければ願わくば二度とこの店に来ませんように！」

　涼子がそう言うと、まったくだと田村も頷いた。

　盗まれてしまったのはもう仕方がないと諦め、これ以上自分の店が被害に遭わなければいいということなのだろう。

　津野田は、二人の話を黙って聞いていた。

　休憩時間、涼子は更衣室でポケットから一寸法師を出した。

「今日は来ていないよね、あの男」

「うむ」

　涼子自身も気を付けてはいるものの、どうしても見落としがあるかもしれない。その点、ポケットの中にいたくせに万引きを目撃して知らせてくれた一寸法師の目に、涼子は少しだけ期待していた。

　もしかしたら、万引き犯が舞い戻った時に、彼が気づいて教えてくれるのではないかということを。また、他にも同じように店の商品を盗もうとする怪しい動きを察知して、涼子に知らせてくれるのではないかということを。

「それは、姫が俺に期待しているということか」

　言われてみれば、そうなのかもしれない。

　認めるのは癪だが、万引き犯発見の一番の功労者は、この一寸法師なのであり、涼子ではない。

「店長に復讐とか言っていないで、私を助けるためと思って、お願い」

涼子が手を合わせて頼み込むと、ふむ、と一寸法師は腕組みをした。

「ううむ、殿は憎いが姫はお救いしたい」

「だからね、一寸法師」

「いっそのこと、盗人なんぞと関係なく、殿に不幸が振りかかればよいのだ」

たとえば、殿が店にいる時に、急に揚げ物の油が殿めがけて降り注いでくれば——。

もしくは、殿が店内を歩いている時に、両側の棚が共に殿めがけて倒れてきて、下敷きになって押し潰されれば——。

「それをあんたが故意にやったとしたら、打ち出の小槌を使って砂粒どころじゃない、舗装されたアスファルトの上のミミズに変えて、干からびる恐怖と踏み潰される恐怖の両方を味わわさせてやる」

「姫！　何という残酷な！　もしや、鬼なんぞの側にいるおかげで負の力にさらされて感化されてしまったのでは！」

「感化されたとしたら、あんたでしょうが！」

毎日毎日、やれ復讐だのなんだのと言っている一寸法師が側にいるおかげで、涼子も多少は影響を受けているのかもしれない。

自分でも酷いことを言ったかもしれないと思いつつ、涼子は仕事に戻るべく一寸法師をポケットに入れた。

　雑誌コーナーで、本を整頓したり入れ替えたりしていると、横に津野田が来た。今、店内に客はほとんどおらず、レジは先ほど入ったばかりの、あのプライドばかりが高いおじ様が入っている。

　定年退職後の仕事としてコンビニのバイトを選んだこの男性店員は、コンビニの店員の仕事はレジで商品を売ってお金を受け取ることが主だと思っている節がある。細かな雑用などは、若い涼子たちがやるものと思っているのか、他の業務もお願いしますと声を掛けると、明らかにいい顔をしない。

　津野田は、涼子に背を向けると、雑誌コーナーと通路を挟んで向かい合っている化粧品や日用雑貨類を直し始めた。

　客が一度手に取っては見たものの、やはり買うのは止めて戻した商品が、必ずしも定位置に戻っているとは限らない。また、雑な戻し方をしていく客もいる。

　それを、売れやすいよう綺麗に整頓しながら、津野田は涼子に話しかけてきた。

「九条さん、万引き犯は戻ってくると思う？」

　ぼそぼそとした話し方だったが、涼子は津野田の言葉が聞き取れた。

　低い声だが、穏やかで聞き心地がよい。

　一寸法師の声も、話す内容はともかく基本は爽やかなイケメンボイスなので、涼子はもしや自分は声フェチの傾向があるのではないかと思ってしまった。

津野田はそのまま口を閉じて、涼子の返事を待っている。

「そうですね。成功しちゃったし、来るんじゃないかと思います」

涼子の答えに、津野田はこくりと頷いた。

あの万引きをした男は、おそらく犯行がバレたとは思っていないだろう。この店はやりやすいと思えば、あと数回は来るかもしれない。

涼子はそう考え、やはり憎たらしい犯人めと思っていると、津野田が再び口を開いた。

「もし、次に見かけたら」

「はい」

「俺に教えてくれ」

「もちろんです！　一緒に捕まえましょう！」

ぼそぼそと話す愛想のない津野田も、あまり表面に感情を出さないだけで本当は犯人に怒りを募らせているんだなあと思った涼子は、犯人許すまじと思う仲間ができたと喜んだ。

しかし、津野田の気持ちはそうではなかったらしい。

「いや、九条さんは教えるだけでいい」

「え……」

協力する話ではなかったのかと、表紙が折れた雑誌を手にした涼子が振り返った。

「九条さんは、警察や店長に連絡してくれればいい。俺が引き留める」

「は、はい。でも、津野田さん、大丈夫ですか」

いつも黙々と働いている津野田が、怒ったり暴力的な行動をとったりするのを、涼子は見たことがなかった。客が理不尽なクレームをつけてきた時も、平謝りするわけでもなく淡々と苦情を聞くだけで、相手が根負けしてもういいと出て行ってしまったこともあった。

そんな津野田が、万引き犯を一人で止められるのだろうか。

「私も手伝いますよ」

もしも男が逃げようとしたら、袖くらいは引っ張って邪魔できるのではないか。涼子は本気でそう思っていた。

だが、津野田はかすかに首を横に振った。

「危ないから」

「え」

「九条さんが怪我すると嫌だ」

そう言うと、津野田はその場を離れて別の陳列棚の方に行ってしまった。

背中合わせのような形で話していたので、涼子は声しか聞くことができず、津野田がどんな顔でこんなことを言ってくれたのか確認できなかった。

棚の向こう側に津野田の姿が消え、残された涼子は津野田の言葉を頭の中で反芻(はんすう)した。

(怪我すると嫌だって、私のこと一応女の子として見てくれているってことだろうか。案外紳士なんだなあ、津野田さん)

シフトが重なることが多く、同僚として頼りになるとは思っていたが、これまで会話が長く続いたことがなく、何を考えているのかよく分からない青年だと涼子は思っていた。しかし、彼女が万が一にも怪我をすることを心配して、自分が捕まえるから涼子は連絡を担当してくれとわざわざ言ってきたとしたら、津野田は涼子のことをきちんと気遣ってくれていることになる。

「優しいんだな、津野田さんて……」

もっと話をしてみたいなと、涼子は思った。

その余韻に浸る間もなく、ポケットの中で一寸法師が激しく動く。誰も見ていないからいいようなものの、そうでなければポケットの中に虫か小さな生き物を入れているのかと思われそうな動き方だった。ポケットの生地が、ぼこぼこと波打つ。

「ちょ……っ!」

涼子は、慌ててポケットを手で覆った。

すると、その手の感触を感じ取ってか、ひょいと一寸法師が頭を出したかと思うと、手を掴んでそのまま涼子の腕をたたたと駆けあがった。

あまりに素早い動きに、涼子は振り払うことができなかった。

「姫、気をつけるのだ」

その言葉に、涼子は緊張した。

今、この時に、万引き犯が店内にいるとでも言うのだろうか。それとも駐車場にその姿が見えて、一寸法師はそれを知らせているのかと、涼子は雑誌コーナーの後ろのガラス越しに外を見た。

数台の車が停まっているだけで、あの万引き犯とは明らかに違う男性の姿しか確認できない。

「気をつけろってどういうこと？」

おそらく自分の肩の上にいて、耳元で囁いているであろう一寸法師に、涼子は自分の声が他に聞こえないよう口を手で覆って尋ねた。

「いないじゃない、犯人」

「その犯人以上に極悪な鬼がおるだろうが！」

「は……？」

一寸法師が鬼と呼ぶのは、津野田のことだ。

津野田のどこが極悪なのか、涼子には分からなかった。前世がどうのと言っても、今の津野田も田村も前世の記憶がないだろう。涼子とてそうだ。それどころか、外見もおそらく似ても似つかないはずである。涼子は、一寸法師が現れて自分のことを姫と呼ぶようになってから、何度も鏡を見ている。そのたびに、京の都の貴族の姫らしい点を一つも見つけられず、やはり一寸法師は本当の姫の生まれ変わりと涼子を思い間違っているんじゃなかろうか、復讐しか頭にないから目が曇っているのだきっと、などと思ったりもした。

それと同じように、津野田もまったく鬼らしくない。涼子に強引に何かをしようとしたことなど、一度もないのだ。

昔話では、鬼が姫を攫っていこうとしたはずである。もしそんな気質を受け継いでいるのならば、津野田が涼子に対してもう少しアプローチらしきものを掛けてきてもおかしくないのではないだろうか。

「津野田さんは、頼りになるいい人でしょうが。滅多なこと言わないで」

涼子の主張は、一寸法師にスルーされる。

「誑かされてはならん。あの鬼めは、先ほど姫を口説いておったではないか。この俺という者がおるというに、今生でも姫に手を出そうとしてくるとは、無礼千万、まったく懲りておらん。機会を見てあの頭に飛び乗ってやる。角があった過去を思い出させ成敗するためにも、針で頭を突き回して血まみれにしてくれるわ！」

涼子は問答無用で肩に手を伸ばすと、運よく一寸法師を握ることができたので、そのまま勢いよくポケットの中にねじ込んだ。

ぐえっと何か潰れかけたような声が聞こえた気もするが、黙殺する。

たとえ前世が本当に鬼だったとしても、今の津野田は涼子の身の安全を気遣う頼もしい同僚なのだ。その頭を針で突き回すなどと物騒なことを言う一寸法師の方が許せない。

「帰るまで出てこないで。いいわね」

涼子は、精一杯どすのきいた声で一寸法師を脅すと、仕事の続きを開始した。

自分に対する涼子の声がよほど恐ろしかったか、一寸法師はその日はずっとおとなしくしていた。

津野田との打ち合わせもできたというのに、その後も一向にそれらしき男が来店することはなかった。

店長の田村からも、警察は何も言ってこないから見つかっていないのだろうと言われた。

だとしたら、他の店舗に移動して犯行を繰り返しているのかもしれない。

田村は、ここにさえ戻ってこなければいいと、あからさまに自分の店の損害だけを気に掛けた発言をしたが、それを聞いた涼子はそうは思わなかった。

他の店で同じことを繰り返して、被害をあちこちにばらまいてもいいなどということはない。何度もそんなことをしていたらいずれ捕まるにしても、被害が大きくなる前にどこかでバレてもらいたいものだ。

この店に来ないとしても、どこかで捕まっていればいいのにと、涼子は祈った。

しかし、涼子の願いは虚しく。

「あ」

あの万引き事件から約十日後。

自動ドアの開く音と、来客を知らせる電子音のチャイムに、たまたまレジにいた涼子は、笑顔で「いらっしゃいませー」と言った。

そのまま顔が固まる。

(間違いない！　あの男だ！)

映像とあの時のレジでの記憶しか残っていないが、顔だけでなく背格好も十日前の姿がはっきり連想された。着ているものも同じであろう黒っぽいジャンパー。バレていないと思っているのか、はたまた所持している服が少ないのか。

時間帯は、夕方。

学校帰りの学生から帰宅途中の社会人、これから仕事という夜勤の人まで、コンビニは日に何度目かのラッシュ状態を迎えようとしていた。

そんな中で、たまたま涼子はその男を見つけてしまったのだ。

時間帯を変えてきたということは、犯行が大胆になったということだろうか。それともこれから混む時間だと知って、他の客たちが増えるのを待つつもりだろうか。

涼子は、今日シフトに入っている同僚をすぐに思い浮かべた。

今日のバイト仲間は、最近特にシフトが重なることの多い津野田の他、もう二人。

その二人とは、研修を終えたばかりの東南アジア系の外国の青年たちだった。頑張ってマニュアル通りの日本語を使えるようになっている。重いものを運ぶ時も力を惜しまず働くので、もしかしたら腕力もあるのかもしれない。

だが、この間の万引き事件の詳細を説明する時間も語学力も、残念ながら涼子にはなかった。

難しい日本語は、おそらくまだ彼らも分からない。身振り手振りや絵を交えれば通じないこともないだろうが、仕事中の店内で時間をかけてそれを実行する余裕はなく、涼子はどうすればいいか選択を迫られていた。

津野田は、知らせてほしいと言っていた。その津野田は、もう一つのレジにいる。

隣とはいえ近いわけではなく、間にあんまんや肉まんの入ったケースや唐揚げ、コロッケなどのスナック的な惣菜が入ったケース、おでんの入れ物などがあり、意外と距離がある。

大きな声で津野田を呼ぶと、店内に響いて万引き犯の男を警戒させてしまうかもしれない。

そう思った涼子は、背後で揚げ物を終えたばかりの新人外国人の一人に声を掛けて呼んだ。

「アブタバさん、レジ交代お願いします」

「ワカリマシター」

アブタバという名の青年は、素直にレジの業務を涼子と交代した。

どこの国出身だったか店長に紹介されて一度は聞いたはずなのに、涼子は彼らの故郷の国名が思い出せない。

しかし、一生懸命働く彼らは、バイト代をもらってもそれをこの国でぱあっと使うことなく、生活費を切り詰めて貯金に回しているか、故郷に送金しているかしているんだろうなあと思うことがある。それほどに仕事に対して真面目で誠意を見せている。

退職後の勤め先にとここに来たはいいが、長年社会人として培ってきたプライドが邪魔をして最近とみに涼子への態度がよろしくなくなってきたおじ様なんぞより、返事も態度も働き方もいい。

　涼子とレジを代わってすぐ客がカゴを持ってきたのを受け取り、「イラッシャマセー、オ弁当温メマスカー」と対応してくれる彼らに感謝しつつ、涼子はもう一方のレジにいる津野田さんに報告しに行った。

「津野田さん、津野田さん、あの人」

　他の客の手前、小声と目くばせで、何とか伝えようとする。そんな涼子の挙動不審な動きに、津野田もすぐにぴんときたらしい。

　津野田は、そのままレジ打ちを続けながら、ちらちらとそちらの方を注意して見ていた。

　涼子も、不要になったカゴを入り口や冷蔵の飲料品コーナー近くの置き場に戻しに行くふりをして、男の動きを観察した。

　中年とおぼしきその男は、いかにも店の品を見ていますという風で、ゆっくりと店内を移動していた。

　やがて、その足が一瞬止まる。その場所は、またしてもアルコールのコーナーだった。

　その周辺を行ったり来たりして、別の商品を探していますというアピールをしているが、目的はまたお酒だなと涼子は確信した。

（ここは、貴様にただ酒をくれてやるような場所ではない！）

「姫」

ポケットの中で、もぞもぞと一寸法師が動いた。

きっと彼も気づいているに違いない。前回の万引きを見つけたのも彼だ。

涼子は、いかにも棚の下の方に陳列された商品が傾いたりずれたりしているのを直しているふりをして、その場にしゃがみこんだ。

「静かにして。バレないように」

「だが、あの男」

「分かってる。だから、見張ってるのよ」

先にこちらの動きを不審に思われたらまずいので、涼子は並んでいる商品を整えながら、他の列の棚に移動した。

その男の姿が死角に入って見えなくなったその時、一寸法師がポケットの中で激しく動いた。

もしや⁉　と思って涼子がレジの方を見ると、客にお釣りとレシートを返し終えた津野田も彼女の方を見て小さく頷いた。

（やったのか、あいつ！　私が見えないところに引っ込んだ途端！　おのれ！）

涼子は、急いでレジカウンターに向かった。

カウンターの中に入って、中の作業をしていると、男が手におにぎりを一個だけ持ってやってきた。

「いらっしゃいませ」

津野田は、いつもと変わらない不愛想な対応で、梅おにぎりのバーコードを読み取り、「百十八円になります」と告げた。

男は、ポケットから直(じか)に硬貨を出し、カウンターの上に置いた。

「二百円お預かりします。お手拭きはご入用ですか」

淡々と対応する津野田に対し、涼子は気が気ではなかった。

だが、男はまだ店内にいるのだ。ここで声を掛けたとしても、いかにも買うつもりで持っていましたとばかりに商品として追加されたり、この後返品しに行かれたりすると、現行犯ということにならない。あの時の映像はコピーしてまだ残しているが、決定的な証拠があるわけでもなく、人違いだと言われてしまえばそれまでだ。

涼子も津野田も、ひたすら男に気取られないよう何も知らないふりをし続けた。

もしも涼子が気づいていることを相手に知られるような態度を取り、今回の万引きを未然に防げるとしたら、それはそれでよしとなるかもしれない。

しかし、少なくとも二度目の犯罪を犯そうとしているこの男は、他の店でも万引きを常習的に行っている可能性もある。うちの店に被害がなければ全然構いません、品物を買うか戻すかして出て行ってくださいというだけでは済まされないと、涼子は思うのだ。

バレたと思えば、次の来店はないかもしれない。その代わり、他店で被害が出る。それを未然に防ぐためにも、ここで捕まえておきたかった。

男は、津野田からお釣りの八十二円と梅おにぎりが入った小さなビニール袋を受け取ると、それを手に自動ドアの方に歩いて行った。

津野田が、さりげなくもう一人の新人外国人のハサムに声を掛けてレジを代わってもらった。そのまま静かに、他のお客さんたちの目に不自然に映らないように、男のあとをつける。

涼子も、そのあとに従った。

男の足がドアの前のフロアマットを踏み、電子音と共にドアが開く。

その全身が外に出たところで、津野田はその男の腕を軽く叩いて、注意を自分に向けた。

「お客さん、すいません」

「ああ?」

男は、因縁を付けてきそうな声をだした。いかにもガラが悪い声は、こうやって怪しまれたときに相手を威嚇し脅すために出しているだけかもしれなかった。

津野田に呼び止められた男は、明らかに焦った風で、でもそれを隠すようにふてぶてしい態度を取る。

津野田は、そんな男の態度に顔色一つ変えず、着ているジャンパーを指さした。

「レジを通していない物がありますよね」

よく見ると、確かにジャンパーには、不自然な盛り上がりができている。それは、涼子の目にも見て取れた。

（こいつ、前回成功したから、今回はカップ酒以外にもジャンパーの中に隠したんじゃなかろうな！）

どこまで図々しいんだろうと、涼子は男を睨んだ。

そんな涼子の視線と、自分を呼び止めた津野田に対し、男が取った態度は、開き直りだった。

「何だと？　言いがかりを付けに来たのか。俺ぁ客だぞ！」

男が声を荒らげて、腕を掴もうとする津野田を遠ざけようと抵抗し始めた。

当然、周囲の人も何事かと二人を見守る。

津野田は、顔色を変えることなく男と対峙（たいじ）した。

「騒いでも無駄です。防犯カメラにも映っています」

「俺が何を盗ったって言うんだ！」

（ええい、往生際の悪い！　今すぐそのジャンパーを引っぺがしてやりたい！）

二人のやり取りを見守っていた涼子に、津野田は振り向きもせずに言った。

「とにかく、一緒に来てください。九条さん、警察に連絡して。今すぐ」

それが、先日津野田から言われたことだった。涼子は、自分の役割を思い出した。

「はい！」

涼子が店内に駆け込むその後ろで、男がぎゃあぎゃあ騒ぐ声が聞こえた。津野田が「警察」と口にしたのを聞いて、どうにかこの場から逃げだそうというのだろう。

どうか間に合いますようにと、涼子は急いだ。

「うるせえ！　濡れ衣だ！　名誉毀損（きそん）だ！　この店は最低だな！」

男の怒鳴り声に、店の中のお客さんも、レジを担当している新人バイト外国人も、何事かとそちらに注意を向ける。

涼子は事務所に駆け込むと、警察に連絡した。

店名と状況を説明すると、電話口の警察官はすぐに伺いますと言ってくれた。それでも、到着するまで数分はかかるだろう。

連絡を終えた涼子が事務所から顔を出すと、ガラス越しに男が暴れて津野田をどんと突き飛ばしているところだった。

「津野田さん！」

（逆ギレか、あのおっさん！）

男は津野田の手を振り切って、逃げ出そうとしていた。その方向に、古びた自転車が停めてあった。

どうやら男の自転車らしく、男はそれに乗って逃げようとしているらしい。それを津野田が体を張って制止しているような状況だ。

レジの外国人たちに加勢を頼みたいけれど、ここで彼らが出て行って万引き男にかすり傷一つでも負わせたら、それはそれで問題になる。クビになってここで働けなくなるようなことになってはと思うと、涼子は彼らに頼めなかった。

かといって、涼子が出て行って蹴り飛ばすなんてこともできないし……。

「むかつく……！　ちょっと！　一寸法師！」

事務所のドアに頭を引っ込めた涼子は、誰にも見られていないのをいいことに、ポケットの中の一寸法師を呼んだ。呼ばれて、一寸法師がポケットから飛び出してくる。

「姫よ、大した騒動になっておるではないか。そろそろあの男の首を、鬼が刎ねるのではないか」

刎ねるわけがない、津野田は普通の人間だ。その普通の津野田がピンチなのである。

警察が来るまでのほんの数分、その間だけでも手伝ってもらえたらなどと、涼子は都合よく考えてしまった。

いいことをしたら、神様がそれを見ていてくれて、一寸法師の評価が上がるかもしれないし、その方がいいと気づいて復讐ばかりを口にしなくなるかもしれない。

津野田のピンチを救うという目的だけでなく、一寸法師のことも考えて、涼子は一石二鳥を狙った。

「大きくしたら、あの男、取り押さえてきてくれる？」

彼女の提案に、一寸法師の目が大きく見開かれる。

「姫……！　今、なんと？」

「ずっとじゃないから！　すぐに小さくするから！」

涼子としては、そこは譲れなかった。今はまだずっと大きいままだと、何をするか分からないからだ。

それよりも、右のポケットに入っている御守りサイズの打ち出の小槌に、本当に願いを叶えてくれる力があるのかどうか、そちらの方も疑わしかった。

打ち出の小槌の力を、これまで一度も試していない。せめて一度害のない、たとえば夕食のおかずの鶏肉を牛肉ステーキに変えてくださいとか、まだ湿っている洗濯物をからりと乾かしてくださいとか、たわいのない願いごとが叶うかどうか試しておけばよかったと後悔したが、もう間に合わない。

「ええい！　実践あるのみ！」

「姫よ、小さく戻さずともよい。遂に俺と共に復讐を遂げて伴侶となる決心をしてくれたか！　姫よ！」

「するか、そんなこと！」

油断も隙もないと、涼子は即座に否定した。

「いいから！　捕まえてきて！」

「おう！」

一寸法師の力強い返事に、涼子はすべてを託した。

膝をつき、ポケットから小さく薄っぺらくなった打ち出の小槌を取り出す。涼子はその打ち出の小槌を一寸法師の上にかざすと、願いごとを唱えながら振った。

「大きくなれ、大きくなれ。大きくなって、あの万引き犯を捕まえられますように。あ、できれば現代風の外見になりますように」

最後のは複雑な願いごとだったかなと涼子が思っていると、ぶわんと白い煙が打ち出の小槌から突如として巻き起こった。

「きゃっ！」

思わず目を閉じて頭を守るように押さえた涼子の手に、温かく大きな手が重ねられた。

「もう大丈夫だ、姫」

頭の上から降ってくる声は、まさしく……。

「一寸法師？」

涼子が焦って目を開けると、もうそこには誰もいなかった。

床の上に立っていたはずの一寸法師も。

涼子は、慌てて店に戻った。

そこで見たものは、ガラスの向こう側の外の駐車場で、男に突き飛ばされて転倒する津野田の姿だった。

「津野田さん！」

自由になった男は、自転車のかごにコンビニの袋を放り込んだ。とても古いママチャリで、もしかしたらこれもどこかで盗んだものじゃないかと思うような代物だった。

その男に、声を掛けた青年が一人。

「おい、貴様」

「何だ、てめえ！」

見守るだけだった自分たち野次馬の中から正義感に突き動かされて出てきた人がいるのかと、周囲の人の目が青年に注がれる。

すらりとした長身で、渋めの緑色のTシャツにライダース風のジャケットとジーンズ。

すっと通った鼻筋と形のいい眉が印象的な、吊り目気味の美青年。

長い髪を後ろで縛っていて、だからといって女性的にも弱々しそうにも見えない。

モデルか俳優ですかと聞きたくなるほどの外見。

きっと初対面なら、涼子も目を惹きつけられてうっとりしていたことだろう。

そう、その正体を知らなかったら、恋してしまったかもしれない。

しかし服装は違えど、涼子はこの青年に見覚えがあった。

（というか！　あの腰の長いやつ！　あれ、刀⁉　針まで大きくなるの⁉）

涼子の心の声とは裏腹に、周囲にいた人々は、声もなくその青年を見つめた。その視線が、青年の爽やかな美貌に釘付けになる。

周囲の注目を集める青年は、威嚇するように睨みつける男の肩に、美しい指を持つ手を置いた。

「鬼がどうなろうと知ったことではないが、俺と姫の幸せな将来のためだ。貴様はここで大人しく捕縛されてしまえ」

（ああ、間違いなく一寸法師じゃん……万引き犯に、あんたの将来は全然関係ないのに、何を胸張って宣言しているかな……）

案の定、訳が分からないことを言われた男は、唾を飛ばさんばかりに一寸法師を怒鳴りつけた。

「はあ？　うるせーんだよ！　引っ込んでろ、小僧！」

「きゃあ！」

涼子は、思わず叫んだ。男が一寸法師に殴りかかったからだ。

一寸法師と男のやり取りを見守っていた周囲の人々からも、悲鳴やどよめきが起こった。

どうしよう――大きくした体に慣れていないから、一寸法師は避けられないかもしれない――。

もしくは、あの針の刀で、男を殺してしまうかも――。

そんな涼子の心配をよそに、すべては一瞬で終わった。

皆の目の前で、一寸法師は男の腕をするりとかわし、そのまま掴むと後ろに捩じり上げた。同時に、男の脚を蹴って体をアスファルトの上に倒し、動かないように押さえつける。

その間、わずか数秒、これこそ瞬殺と言っていい。

（つ、強い……！　しかも、カッコいい！）

ほんの一瞬のことなのに、涼子は完全に一寸法師の動きに目を奪われた。

「おい、おまえ。替われ」

「え、は、はい」

一寸法師は、尻もちをついたままの津野田に声を掛けると、位置を代わった。

ようやく遠くからパトカーのサイレンの音が近づいてくる。

一寸法師が、体についた埃を払うようにぱんぱんと叩くと、周囲の人たちから歓声が上がった。

その人々をかき分けるように、一寸法師は店内に入ってこようとして、ドアが開き……。

「はい？」

「うお⁉」

ドアが開いたと思ったら、一寸法師の姿はかき消すように見えなくなった。

涼子だけではなく、その場にいるすべての人たちが絶句し、狐につままれたような顔になった。

あの青年は、一体どこに消えたのかと。もしや夢か幻であったのかと。

涼子は、一寸法師が消えてしまった自動ドアを、呆然と見つめていた。

「姫！　姫！」

「はっ！」

不意にポケットの中に小さな重みを感じ、涼子は自分のポケットを手で包み込むようにして、慌てて事務所に戻った。

いつの間にか、一寸法師がポケットの中に戻ってきていたのだ。

彼女や他の人たちが、消えてしまった青年の姿を捜している間に、急いでよじ登って隠れたに違いない。

よかった、どこかに行ってしまわなくてと、涼子は安堵した。

「ありがとう、一寸法師。でも、なんであんなところで、元に戻っちゃうわけ？　もう大きくなくていいって自分で術を解いたとか？」

「知らぬ！　打ち出の小槌が悪いのだ！　その程度の力しか俺に分け与えなかった打ち出の小槌がな！」

どうやら一寸法師も、あんなタイミングで元に戻るとは思っていなかったらしい。

そうだとしたら、さぞかし焦ったに違いない。たった先ほどまで、男を格好よくうち倒し、凱旋の気分で戻ってきたのだから。

それにしても、大きくなっている時間があまりにも短い。

「正味一分てとこかしらね……何、小槌ってその程度の効力しかないわけ？　もしくは、小槌自体に意志があって、あんたに力を貸すことを嫌がっているとか？」

「おのれ、住吉の神め！　なんというお粗末な！」

一寸法師は、怒り狂ってポケットが破れそうなほどじたばたと騒いだ。

お粗末というより、逆に力の出力調整を自由自在にやっている打ち出の小槌すごい。確かにこの一寸法師を時間制限なく大きくしておいたら、ろくなことをしなさそうだものねと、早々と元の大きさに戻った一寸法師に涼子は安心する。

神様が一寸法師にまだまだ改心の様子なしとちゃんと分かっていて、打ち出の小槌に力を分け与える制限をかけるという機能を搭載させたんだとしたら、すごいと涼子は思った。

同時に、その労力を自分で一寸法師を改心させるってところに使えばよかったのに、何が悲しくて凡人の私を姫の生まれ変わりに据えて、この一寸法師の面倒を見させるかなと、涼子は心の中で愚痴った。

こんな嘆かれ方をされる一寸法師の、打ち出の小槌から許された大きくなれる時間は、たったの一分。

「一分……大概のカップラーメンすらできない……あんなにかっこいいと思ったのに、何、その役に立たなさ」

いや、役には立った。そこは間違いない。

しかし、その反面、他にどんな用途に使えるというのだろう。たった一分しか大きくなっていられない機能など、果たして他にどのような使い道があるのだろう。

もしもあの大きさを維持するために、涼子に一分おきに打ち出の小槌を振れなどと言ってきたら、即行で砂粒大の大きさになるよう願ってやると、涼子は決意した。

「姫。役に立たんとは、あんまりではないか」

一寸法師は抗議した。

「あやつを捕らえたのは俺ぞ」

「いや、津野田くんだから」

「どこを見ておった！」

「そういうことにしておかなきゃ！　だいたいねえ、あんなところであんたが小さくなって消えちゃったおかげで、別の騒ぎが起こっているんだからね！」

イケメンの突然の出現、万引き犯の確保、そのイケメンの突然の消滅。

涼子は頭が痛くなった。

いくら万引き犯を捕まえたかったからとはいえ、周囲に人がいる状況で一寸法師を登場させてしまった。その前から携帯で津野田と万引き犯のやりとりを撮っている人もいたが、一寸法師が出てきてからは、さらにその数が増えた。

一寸法師のことが、ＳＮＳで拡散されるかもしれない、コンビニを救った青年が突如として姿を消したとテレビ局が来て万引き事件以上に大きなニュースになるかもしれない。

そう思うと、自分で一寸法師を大きくするという選択をしておきながら、涼子はやってしまったことの重大性に震えた。

　とりあえず、その後どうなったんだろうと、騒がしさを増してきた外の様子を探るために、涼子は事務所から出た。

　店の外にはパトカーが停まり、警察官の姿が見えた。その警察官と津野田が話をしている。どうやら犯人を、無事に警察に引き渡すことはできたらしい。

「アブタバさん、ハサムさん」

　涼子がレジカウンターの中の二人に呼び掛けると、新人二人は興奮した様子で振り返った。

「津野田サン、スゴイ！　泥棒捕マエタ！」

「うん？」

「勇敢デスネ。追イカケテ行ッテ、一人デ倒シタンデスヨ」

「あれ？」

　二人の言葉に、涼子はぽかんとした。

（おかしいぞ……私が知っている現実と、話が違っている）

「えっと……津野田さんが追いかけて行って、そこでもみ合いになって……ほら、津野田さんを助けてくれた人いましたよね、若い男性」

　涼子が鎌をかけるようにそう言うと、二人は不思議そうな顔をした。

「若イ人？　九条サン、誰ノコト言ッテマスカ」

「津野田サン、一人デ捕マエマシタヨ。九条サン、警察呼ンダノニ、ソノ後何モ見テイナカッタンデスカ」

　この女、何を見ていたんだ、いや、見ていなかったのかとばかりに、二人の視線が涼子に刺さる。何故自分が責められるようなことを言われなくてはいけないのか、理不尽なものを感じながら外の様子を見ていると、ガラス越しに涼子の姿を見つけた津野田が、手招きした。どうやら涼子を呼んでいるらしい。

　彼女が恐る恐る出ていくと、津野田は涼子を警察官に紹介した。

「ああ、あなたが警察に連絡してくれたんですね。ありがとうございます」

　警察官から丁寧にお礼を言われて、涼子も思わず頭を下げた。

「ええと、最初にあの男性を見つけたのはあなたということですが、合っていますか」

　津野田が、警察官に説明していたのだろう。涼子は、万引きした男を見つけて津野田に報告したこと、津野田が男に声を掛けている間に事務所から警察に連絡を入れたことを話した。

「その後はずっと事務所にいたんですね」

「は、はい。すみません、津野田さんに協力すればよかったのに」

「いえ、賢明です。下手に乱闘に加わって怪我をするより、ずっといい。それに、彼一人で十分押さえ込んでくれましたんで」

警察官の説明はアブタバとハサムが言っていたことと同じで、涼子は愕然となった。津野田一人で犯人を押さえ込んだというところが、涼子の知っている真実と違っている。

周囲の人たちも、勝手に携帯で津野田の写真を撮りながら、「あの店員さんすごいわね」「かっけぇなあ」「一人でよ、一人で」と口々に誉めそやしていた。

誰も彼も一寸法師の姿を見たはずなのに、どういうことなのだろう。その理由を、一寸法師が知っているのだろうかと、涼子は彼に問いただすきっかけを探した。

「あ、店長に連絡するの、忘れてました！　すぐに呼びますね！」

不審な行動と見られないよう、涼子は店長への電話を理由に、警察官の前から再び店内に戻った。

店長の本日のシフトは、あと三時間後、涼子と交代して入ることになっていた。まさかそれまで内緒というわけにはいくまい。

ネエネエ、オマワリサント何話シマシタと聞いてくるアブタバとハサムに、ちゃんとレジをやってください、すぐに店長が来ますよと釘を刺し、涼子はさっきまでいた事務所に戻り、田村に電話をした。

『えっ！　本当に万引き犯を捕まえたの⁉』

何事かと涼子の電話に出た田村の声が、大きくなる。

「はい、津野田さんが。今、駐車場のところにパトカーが来てます」

『す、すぐに行くから！』

それだけ言うと、他の指示も出さずに田村の方から電話を切られた。それだけ彼も焦って慌てているように感じる。あの様子だと、自宅にいた田村はとるものもとりあえず大慌てで飛んでくることだろう。

それまでに、どういうことかを確認しておかなくてはと、涼子はポケットから一寸法師を出した。

事務所のデスクの上に立つ、三寸の一寸法師。

今はこんなに小さいが、先ほど登場したジーンズ姿の青年はやはりこのイケメン一寸法師だと、涼子は思った。どんなに外見が着物と袴ではなくなって普通の人間のようになったとしても、顔はそのままの目の前にいる一寸法師だ。

「ねえ、一寸法師。あんた、いないことになっちゃっているんだけれど」

涼子が尋ねると、一寸法師は憎々しげに端整な顔を歪めた。

「そうなのだ！　俺のあの姿は、将来の姿であることは間違いないものの、まだ得られていない仮初(かりそ)めのもの。ゆえに、俺の存在は自動的になかったことにされてしまうのだ。おのれ、打ち出の小槌め、どこまでもこの俺を愚弄する憎き神器であることよ。

俺が晴れて姫に相応しい大きさになった暁には、粉々に打ち砕いてくれるわ！」

「そんなことを言ってると、そのうち一分の変身すら拒否されるから」

　大きくなるために必要な打ち出の小槌の前で、粉々にするなどと宣言をする一寸法師に、涼子は呆れた。復讐に加えて打ち出の小槌まで壊そうとすると知れば、これほど優秀な打ち出の小槌のことだ、一寸法師に二度と力を貸さないのではなかろうか。

　とんでもない宣誓をした一寸法師は涼子に脅されて、文句を言う対象を打ち出の小槌から津野田に変えた。

「はじめから鬼が捕らえておればよかったのだ！　あやつめ、前世が鬼だったくせに、何だ、あの弱さは！」

　勇気を出して、店の外で男に声を掛けた津野田に対して、この言い様、と涼子はむっとした。

　そもそも、津野田の前世は鬼だと言うが、今は人間なのだから全然関係ないと涼子は思う。彼女自身がいくら姫と呼ばれても、ぴんとこないのと一緒だ。それどころか、津野田に至っては前世が普通の人間ですらなかったと言われているわけだ。

　普通の人間である津野田は、武器になりそうなものを何も持たずに、万引き犯を逃がすまいと声を掛けて立ち向かったのだ。それだけで、彼の勇気はすごいと涼子は思っている。

そう考えて、涼子は相手が武器を持っていたかもしれなかったのだと気づき、今更ながらぞっとした。津野田が怪我をしなくて本当によかったと、胸をなでおろした。

その分、勇敢な津野田を悪く言う一寸法師に、腹が立つ。

「前世なんて知らないわよ。あの万引き犯を捕らえたのは、津野田さん！　津野田さんてことで世界が認定したのよ。すごいわー、さすがだわー、津野田さんかっこいいわー」

「姫！」

涼子が何度も津野田を褒めるのを聞き、一寸法師が悲痛な声を上げた。涼子は、少しは微りて余計なことを言わなくなりますようにと、彼の抗議の声を無視した。

その後、田村が大急ぎで駆けつけてきて、警察官や津野田と話をした。津野田は田村相手に、本日何回目かの同じ説明をさせられていた。

涼子は事務所から出て、アブタバとハサムと一緒に、通常業務に戻った。

客がレジに並べば、店員としては対応しなくてはいけない。客がいるから、店が維持できて店員の仕事がもらえるのだ。

涼子たちがいつものように働いていると、駐車場の端に停まっていたパトカーがようやく警察署に戻っていった。

「いやぁ、本当に万引き犯を捕まえちゃうなんてねえ」

汗を拭きながら田村が入ってきて、その後ろから津野田も戻ってきた。

「何はともあれ、津野田くんに何事もなくてよかった。もし相手がナイフとか持っていて君が刺されでもしていたら、とんでもない大事件になるところだった」

縁起でもないことを、田村が口にした。それは涼子も思ったことなのだが、あえて言わなかったことだ。

「それにしても、もう少し早く連絡をもらえなかったもんかな」

田村が、涼子を恨めしそうに見つめる。その視線に、そんなに責められるような失態だろうかと思いつつ、涼子は頭を下げて謝罪した。

「すいません、警察に連絡したあと、怖くなってしまって」

「ううーん、そう言われてしまうとねえ。涼子ちゃんもか弱い女の子だし、仕方ないか」

（すいません、警察に連絡したあと、一寸法師を大きくして加勢させてました。あと、か弱くないので事務所で震えていたとかそんな事実はまったくありません）

涼子は本心の声を心の中だけに留めておいた。

田村は事務所に入るとすぐ本社やあちこちに連絡するのに忙しくなった。

涼子は、津野田と共にそのまま普通にシフトが終わるまで勤務し続けた。

「お疲れさまでしたー」

二十一時、いつもの時間に今日のシフトを終えて、涼子は店を出た。

時間は確かにいつもと同じだが、勤務内容は大違いだったので、すごく疲れている自覚がある。涼子はもうくたくただった。

いつものデイパックを背負って、いつものグレーのダッフルコートを着込み、胸元にすっかりそこを定位置にした一寸法師を入れて、自転車に手をかける。

「九条さん」

不意に後ろから呼び止められて、涼子は振り返った。お先にと挨拶をしたときには、店内にいたはずの津野田が立っていた。

「あ、津野田さん。今日はお疲れさまでした」

万引き犯相手に大立ち回りを演じた津野田の方が涼子よりずっと疲れているはずなのだが、シフトに入った時間が彼女より遅かったので、あと二時間は働かないといけない。

店の被害を防いだということで、今日はもうあがってもいいと田村から言われてもいい気もしたが、欠員が生じると急な穴埋めができないのだから、仕方なかったのだろう。

津野田は体を痛めていないだろうかと、涼子は心配した。彼女が見た時、津野田は思いっきり突き飛ばされて尻もちをついていたのだ。腰や背中を打っていてもおかしくない。

どこか痛んだりしませんかと涼子が尋ねると、津野田は首を振った。

「いや、俺は何も……夢中だったんで、どうやって相手を押さえつけるところまでもっていけたのかも覚えていないくらいだ」

（そりゃあ覚えていないでしょうとも、本当はやっていないんだから。あれをやったのは、実は一寸法師なんですもの）

一寸法師がイケメン青年になって現れて窮地を救って忽然（こつぜん）と消えたことは、今となっては涼子以外の人々の記憶から消されていて、全部津野田がやったことにすり替わっていた。そのため、津野田も自分がやったと思い込んでいる。

どうか胸元にいる一寸法師が、自分の存在を主張しませんようにと涼子は神に祈った。

「津野田さんも大変ですね。あと二時間働くんでしょ」

「ああ」

「あんまり無理しないでくださいね。いつでもシフト替わりますよ。とは言っても、店長、私があんまり遅くまで残るのをよしとしてくれないんで、いつもこの時間には帰れって言われますけど」

　朝や昼間ならば、かなり自由が利くので替われる限り替わる。その分お金を稼ぐことができる。休んでいても、涼子には他にやることもないので、だったら働いていた方がいいと思っている。

　働いて少しでもお金を稼いで、貯蓄に回した方がいい。正社員として雇われているわけではない自分の立場を、涼子は分かっていた。

「それじゃ、おやすみなさい」

　涼子は挨拶をして、自転車のロックを外した。

　そのままいつものように帰路につくはずだったのに、何故か津野田が自転車の後ろに立った。涼子は、津野田の行動に首を傾げた。

「あの……？　自転車出せないんですが？」

「あ、あの……」

「？」

　仕事中なのに追いかけてきた津野田は、店長から何か言付かってきたんだろうかと、涼子は津野田の言葉を待った。

　普段あまり口数が多くない津野田は、涼子に何か言おうとして、いざ彼女を前にしたら言葉に迷っているような、そんな様子だった。

やがて、声を振り絞るようにして、津野田は口を開いた。

「今日は、助かった」

「え……」

（助かったって……もしかして、私が一寸法師に助けを求めて、大きくしたのを知っている？

そんな……！）

涼子は、思わず緊張で体を硬くした。しかし、そうではなかった。

「万引き犯を見つけてくれて、警察にも電話してくれて」

「あ……それですか」

「えっ？」

「いえ、何でもないです」

バレているのではなかった。万引き犯に気づいて津野田に教えたことと、打ち合せ通りに警察に電話をしたことに対し、津野田は助かったと礼を言っていたのだ。

「私、特に何もしてないですよ。この間の映像を覚えていたからたまたま気づいただけで、あとは全部津野田さんがしてくれたんですもの」

「それでも……」

何かを言いたげにもごもごと口ごもる津野田に、涼子は困ってしまった。一体何を言いたいのだろうと推測しようとするも、さっぱり分からない。

それよりも、今は勤務中だというのに、いつまでも涼子と話していたら、津野田は店長の田村から怒られるのではないかと、涼子は心配になった。今にも店長が津野田のことを探して店から出てくるのではないかと、ハラハラする。

そんな涼子の様子に、津野田は遂に決心したらしかった。

「九条さんと俺、シフトがほとんど重なっているんだよな」

「へ？　あ、そ、そうですね。よくご一緒しますもんね」

「だから……明後日、休みになってないか」

明後日。

そう言われて、涼子は自分のスケジュールを思い出してみた。津野田の言う通り、明後日はまるまる一日お休みだ。

それを伝えると、津野田は自分もだと言った。

「だから、その……出かけないか」

「出かけ……どこに？」

「どこでも、その」

出かけるって、どこにだろう。いや、それより何で私を誘っているんだろう――。

涼子は津野田の顔をじっと見つめたが、店の裏口から出てきた津野田は明るい店内に背を向ける形になっているので、暗さで表情が分かりにくい。

涼子が黙っていると、津野田の声のトーンが明らかに落ちた。

「ダメか」

「……はっ！　ダ、ダメじゃないです、大丈夫です、他に予定は入っていませんし」

「そうか……よかった」

涼子の返事に、顔が見えなくても津野田が明らかにほっとしたのは伝わってきた。

津野田は、ポケットから取り出したメモに何やらさらさらと書き、それを破ると、待ち合わせの場所と時間はこれと、涼子に手渡した。

それじゃあと、店内に戻っていく津野田の背中を、涼子はぼーっと見送った。

「姫。姫！」

「はっ！」

自分の胸元からの声に、涼子は正気に戻った。

（いけないいけない、こんなところでぼんやり立っているものじゃない）

涼子はメモをデイパックの外ポケットにねじ込むと、今度こそ自転車を漕ぎ出した。

夜風を顔に受けながら、涼子は考える。

（それにしても、津野田さん、どうして私を誘ったんだろう。

何か目的があるのかな、もしかして今回の件で警察に行かなくちゃいけなくて、私の証言も必要だから一緒に行こうってこと？）

「姫。明後日は出かけてはならんぞ」

考え込んで黙って自転車を漕いでいた涼子に、一寸法師がいつになく真剣で尖った声を出してきた。

「何でよ。休日なんだし、どこに出かけようが私の勝手でしょう」

お金はないけれど、外出くらいはできる。

軽く掃除して洗濯物干して、それから徒歩や自転車で外出して。

川沿いを歩いてもいい、晴れていたら気持ちがいいだろう。

その川沿いにある県民会館から市民芸術文化会館にかけて空中庭園があり、そこから広い公園に出られるから今度はそのコースを散歩するのもいいかも。

涼子は、お金がかからない自分の特別の散歩コースを頭の中に思い描いた。しかし、明後日は津野田に付き合うのだ。行き先はどこになるのか分からない。

（津野田さん、どうして私を誘ったんだろう）

またもや考え込んだ涼子に、一寸法師が苛立った声を上げる。

「姫！　さっきから呼んでおるのに、何故返事をしない！　もしや、あの鬼の小僧のことを思い出しておるのではなかろうな！」

「鬼の小僧って。失礼ねー。あんな勇気ある同僚、なかなかいないんだからね」

それを鬼だのなんだのって、本当に失礼なんだからと、涼子は一寸法師の言葉に反論した。

それに対し一寸法師が放った言葉は、涼子がまったく考え付かなかったものだった。

「姫！　鬼と逢引は許さんぞ！　俺というものがありながら！」

「逢引……って!?」

涼子は、思わず両手で思い切りブレーキを握った。人通りの少ない道に、ききき一っと大きなブレーキ音が響き渡る。

(逢引って言った？　逢引って、デートのことじゃなかったっけ？)

一寸法師の言葉に、かあっと頬に熱が宿る。

「な、なな何言ってんの！　変なこと言わないでよね！」

(何てことを言い出すの、この一寸法師は！　津野田さんと私は、単なるバイト先の同僚だって言うのに！)

涼子の返事は、一寸法師を余計に怒らせるものになった。コートをやたらと引っ張り、訴えてくる。

「おのれ、あの鬼め。前世で姫をかどわかそうとした上に、生まれ変わってまで手を出そうとは。そうか！　鬼が姫を狙っているゆえ、俺の封印が解かれるよう、あのくそったれな住吉の神が手配したのだな！　姫よ、どうかあの鬼に誑かされぬよう、俺が全力でお守りする！」

「私を何から守ろうとしてくれているのかよく分からないけど、たぶんそれ、大きなお世話」

「姫！　既に鬼の術中にはまったか！　くそ……！　こうなったら、今すぐ俺を大きくしてくだされ！　俺の魅力で姫の目を覚まさせてさしあげましょうぞ！」

「そんなことでもう一度打ち出の小槌を使わせようとしてもダメだからね」

涼子は、大きくしろという一寸法師の主張を黙殺し、再び自転車を漕ぎ始めた。

頭の中は、明後日のことでいっぱいだった。

津野田が自分をどこに連れて行くつもりなのか、そもそもなんのつもりで自分を誘ったのか。

それを考えると、涼子は何だか胸がどきどきして変な気持ちになった。

(どうしよう、別に津野田さんと付き合っているわけでも何でもないから、これってデートじゃない、デートじゃない、デートじゃない……デートじゃないよね!?)

涼子の心の問いに答える声はもちろんなく、唯一胸元で一寸法師が「やはり俺しか姫を守れる者はいない」とぶつぶつ呟くばかりだった。

其の四

鬼、覚醒す!?

「ねえねえ、変な恰好じゃないかな」

涼子は古いアパートの自室で唯一大きめの鏡が置いてある洗面所から、同じ質問を繰り返していた。

独り暮らしの彼女が問う相手は、自分自身。

もしくは、定位置となった座卓上のタオルハンカチの上で、ふて腐れた表情のまま胡坐（あぐら）をかいている一寸法師だった。

「この服、どう思う？　ジーンズでもいいかな、いいよね。上のカットソーは一番可愛いのを選んだんだから」

所有している洋服の数は少ない。日頃からジーンズばかり着回してきた涼子は、可愛いスカートの一着も買っておくのだったと今更後悔するが、ないものはないのだ。

彼女の持つ唯一のスカートは、就職活動用にと大学生の時に購入したもので、今もクローゼットの中でクリーニング済みのビニール袋を被ったまま鎮座している。

そして、今日は就職活動の日ではない。

「あー！　髪の毛がどうやってもまとまらない！　くそう、いつもみたいにゴムでまとめていくしかないのか」

髪の長さは、肩に届く程度。きちんと整えられたボブスタイルならばいいのだが、涼子の場合、髪を切りに行く手間を惜しんでの髪型だ。前髪だけは、自分で切り揃えている。あとは基本伸ばしっぱなしで、仕事中はゴムでまとめている。

スカート同様、ちょっとしたお出かけ用のヘアアクセサリーなどもあるはずがなく、肩に届いた毛先がはねて癖を作っている。

涼子は、髪を梳かしていつものようにゴムで一つにまとめた。

化粧っ気のない顔を鏡に近付け、せめてもと色付きのリップクリームを塗る。

今時、高校生だって自分よりましな化粧品を持っているだろうにと、涼子は情けなくなった。手元にある化粧品は、大学時代に購入したものばかりで、かなり古くなっていて使うことが躊躇われる。卒業してコンビニで働くようになってから新たに購入したものは洗顔石鹸と化粧水と乳液で、あとは日焼け止めくらいだった。

彼氏もおらず生活費を切り詰める涼子は、ずっとすっぴんでバイトをしていたのだ。

洗面所から出てきた涼子は、座卓の上の一寸法師がずっと黙り込んでいるのにようやく気づいた。

「どうしたの、一寸法師。ずいぶんと静かね」

胡坐をかき、左手で頬杖をついたまま、一寸法師が涼子を見上げた。その顔は、ふてくされているように見える。

「姫」

「うん？」

「姫は、鬼と逢引するというのに、何故、かようにはしゃいでおるのか」

指摘されて、涼子は赤くなった。

「は、はしゃいでなんか……！　ない！　と、思う……」

逢引という言葉より、はしゃいでいるという事実を、涼子は必死で否定した。その様子を見ていた一寸法師が、さらに不機嫌な顔になる。

「聞いておれば、やれ服がどうの髪がどうのと」

「出かけるんだもん、気にするのが普通でしょう」

「いつもは気にしていない」

気にしていないわけではない。ただ単に、着替えも髪を縛るのも一つのルーティンワークのようになっているだけで、接客業だから身だしなみにはそれなりに気を付けているつもりだった。

ただ、上は裾が長めの制服を着れば隠れてしまうので、おしゃれをしようとか、異性を意識しようとか、そんな気持ちはまったく起こらず、見苦しくなければいいとだけ思っていた。

　だから、「気にしていない」は心外だと涼子は思った。気は配っている、それなりに。持っているものの範囲内で。

「普段だってこの程度は気にしているわよ」

　普段の倍以上時間をかけながら言う涼子に、一寸法師の機嫌はさらに悪化する。

「俺の目を見て、そう言えるのか」

　挑戦的に立ち上がった一寸法師に、涼子もむきになる。

「そんなの簡単よ」

「む」

　売り言葉に買い言葉。涼子は一寸法師に向かって顔を突き出した。

　二人は、互いに睨み合う。

「……」

「……」

　一寸法師は、涼子から視線を外さず、さらに挑むように一歩前に出た。

　十センチ程度の大きさの一寸法師相手に、涼子は気圧(けお)されたように頭を引いた。そのことに、しまったと、きまりが悪くなって先に顔を逸らす。

「はしゃいでなんか、いませんっ！」

声だけはいまだに認めようとしない涼子に、一寸法師も声を荒らげた。

「途中で逸らしたではないか！　やはり姫は鬼に誑かされたか、今生の姫は俺より鬼を選んでしまわれたか！　何と言うことだ、嘆かわしい……！」

そうなのだ。今日これから、涼子はバイト先の同僚の津野田と会うのだ。

涼子は、これがデートだとは思っていない。告白されたわけでも、それらしい言葉を囁かれたわけでもない。ただ、バイトの休みが重なるだろうから、一緒に出掛けないかと誘われただけなのだ。

理由をまったく言わなかった津野田の意図を、涼子は汲み取れないでいた。ただ、これはデートではない。デートではないと思うのだが、年齢が近い異性と二人きりでどこかへ行くということがほとんどなかった涼子が、緊張して身支度をああでもないこうでもないと迷うのは、仕方のないことだった。

それを、誑かされただの向こうを選んだだの、いかにも浮気をしているように言われるのは、涼子としては納得がいかなかった。

何故なら、涼子は一寸法師とお付き合いをしているつもりは、これっぽっちもないからだ。

夢の中で神様に、一寸法師を改心させてくれとは頼まれた。そう、夢の中で。おかげで、今でもあの夢は本当に単なる夢で、神様なんていないのではないかとまだ疑っていた。

一寸法師の指摘に、涼子はむきになる。

「失礼な！　だってこれから津野田さんに会うんだもん。失礼な恰好で行けないでしょ。うう、こんなことになるなら、もっと可愛い服を買っておくんだった」

非常にカジュアルな格好だというのは、涼子も自分で認めている。こういうところが、女子力低いのよねと、自分自身にがっかりする。

そんな涼子の気持ちが、今日はいつも以上に一寸法師に伝わっているらしい。

「当然、俺も連れていくのだろうな？　今はどのようなものになっていようと、前世は鬼だったのだ。魂にその記憶も刻まれておろう。姫に対して、いつ無礼を働くやもしれぬ。その時に姫をお守りするのは、俺の役目。俺の凛々しい戦姿（いくさすがた）をご覧になれば、姫の目も覚めましょうぞ」

一寸法師は、着物の襟を直し、袴の帯をきっちり結び直した。

一寸法師がそう言い出すであろうことは、涼子も予想していた。本当ならば、大人しくこの部屋で留守番をしていてほしい。ほしいが、一寸法師がそれを聞き入れるとも思えなかった。毎日バイトに付いてくる一寸法師が、今日のお出かけを逢引だと認識している以上、ごねるのは必至だった。

「連れて行ってもいいけど、絶対に津野田さんにバレないでよね」

涼子にいつも以上に強く言われ、一寸法師はふん、と不満げな声を漏らした。

「いや、いっそのこと俺の姿を見て前世の記憶を甦らせればよいのだ」

「いやいやいや、絶対にダメだから、それ」

一寸法師は、本来ならお伽噺の中の架空の登場人物にすぎないのだ。ここにこうして存在すること自体、有り得ないことなのである。

それを、自分の姿を津野田の前にさらすなどもってのほかだと、涼子は反対した。

しかし、一寸法師は自分の口から出たその言葉に、ぽんと手を打つ。

「うむ、そうしよう。それが一番よい。さすれば、あれも鬼の本性を発揮するであろう。そのさもしい正体を姫の前で晒して、嫌われればよいのだ。そうすれば、姫も俺が鬼を退治するのをためらうこともあるまい」

津野田を嫌うこともなければ、一寸法師が津野田を攻撃するのを黙って見過ごすつもりも、涼子にはなかった。

それに、前世の記憶と一寸法師は言うが、毎日彼といる涼子でさえ、前世だという姫の記憶はいまだに甦らない。

「記憶って甦るものなの？　私、あんたを見ても全然思い出せないんだけど。つまり、私の前世はお姫様じゃなかったんじゃないかなあ」

涼子の主張に、一寸法師は激しく狼狽する。

「そ、そそそのようなことは！　私が間違うはずがない！」

「そうかなー。どう考えても、私じゃあ姫に程遠いと思うんだけどなー」

形勢逆転。今度は涼子が一寸法師に強く出るが、このまま彼女に置いていかれては困ると、一寸法師は必死に訴えた。

「どうか姫よ、俺も連れていかれよ。鬼がその本性を発揮した暁には！」

「暁には？」

「再び口から臓腑に入り、中から攻撃してご覧にいれよう。苦しみもがいたところで、とどめをさしてくれるわ！　はははは！」

口から出た本音に、涼子は指を一寸法師の顔の正面にびしっと突き立てた。

「よし、あんたは留守番。決定」

「姫！」

アパートの部屋を出るまでに、同じようなやりとりがさらに二度繰り返された。

待ち合わせ場所は、新潟駅だった。バスターミナルの近くの階段の下に涼子が到着すると、既に津野田が来ていた。

「す、すいません！」

涼子が急いで駆け寄ると、津野田は手を挙げた。

「俺も今来たところだから、走らなくていい」

今来たところだと言いながら、津野田はまったく息を切らしていない。涼子も決して遅刻したわけではなかったが、津野田はきっともっと早く着いていたのだろう。

「じゃあ、行こうか」

どこに、とは、またも言わなかった。涼子が後ろからついていくと、バス乗り場の方に向かう。二人は、市内の循環線の一本に乗車した。

駅前を出発して、市内の中心部を通過していく。

涼子は、どこに連れていくつもりだろうと、様子を窺(うかが)っていた。津野田は、バスに乗ってからも黙ったままだった。

バスは、商業施設が集まる停留所を通過していく。もしかしたらウインドウショッピングかと思っていた涼子の予想は外れた。百貨店の前を通り過ぎ、そこからさらに五つめの停留所の手前で、ようやく津野田は降車ボタンを押した。

二人が降り立った停留所は海の近くにあり、目の前には西海岸公園があった。

新潟市内の海岸付近にあり、敷地内には五キロ以上に渡って三十万本以上の黒松林が広がっている。水族館や大きな城の形をした滑り台のある広場、野球場などもある。さらに、近くには大学があり、講義を終えた女子大生たちが連れ立って歩いたりしている。

ここまで来ても、津野田は目的地を言わない。涼子は、思い切って尋ねた。

「えっと、今日はどこに行くんですか？」

その問いに、津野田は驚いたような表情を浮かべた。

「九条さんに言ってなかったっけ」

行き先を、ということであれば、津野田は一言も涼子に告げていなかった。渡されたメモに書いてあったのは、待ち合わせの場所と日時のみ。場所どころか、一緒に出かける目的も教えてくれていなかった。

涼子は、津野田にそう告げた。

「別にいいですけれど。水族館なら水族館だって、今からでも言ってもらえれば」

「あ、いや……そ、その」

「はい？」

てっきり水族館なのだと涼子は予想していたが、津野田はそうだとは言わない。むしろ、涼子が水族館だと思っていることに、狼狽（うろた）えているようだった。

水族館以外ならば広場かなと涼子が思っていると、津野田がやっと自分から説明する気になったらしく、口を開いた。

「俺、バイトで生活してるんで、金がなくて」

「私もです。コンビニのバイトでどうにかかって感じです」

「なんで、その、金のかかるところには行けない、と思う」

金のかかるところ。

何のことかと考えた涼子は、水族館の入館料かと思い至り、慌てて手を振った。

「いやいやいや！　私、津野田さんに何もかも奢ってもらおうとか思ってませんから！　自分の分は自分で払いますよ！」

普通、こういうときは男性に任せるものだろうかと涼子は考えたが、何となく津野田に奢ってもらうというのは、イメージできなかった。

涼子のバイトだけで成り立っている生活は、決して余裕のある楽な暮らしではなく、そういう意味では津野田も同じような立場ではと、常々思っていたのだ。シフトが重なることが多く、涼子よりも深夜まで働いているということは、津野田もコンビニのバイトで得る収入を頼りにしているのではないかと。

そんな津野田に、何もかも支払わせる気はなかった。

涼子に、自分で払うと言われ、津野田は少し迷ってから、これくらいは、と自動販売機を指した。

飲み物くらいであればと、そこは涼子もありがたく甘えることにした。

津野田は、自分の分のコーヒーと涼子の分のお茶のペットボトルを購入すると、再び歩き出した。その後ろを、涼子はついていく。向かう先には、海しかない。

道路を渡り、砂浜まで下りられる階段の近くに設置してあるベンチに座る。そこからは、海がよく見えた。ゴールデンウィーク前の海は、泳ぐほどには温かくなく、冬ほどは荒れていない。波による砂浜の浸食を防ぐために、沖にテトラポットが積み重なっていた。その向こうには、佐渡島がぼんやり見えた。

涼子は、思わず顔を伏せた。手の中のお茶のペットボトルを見つめる。

何故津野田はここに自分を連れてきたのか。自分が佐渡出身だと知っているからか。故郷の見えるところに案内したのが彼なりの気遣いだとすれば、それは間違いだった。今の涼子は、島の外観をいくら遠くからであっても見たくなかった。

帰りたくない、でも確かに大切な人が住んでいる場所。自分が後ろ足で砂をかけるような真似をしたために帰れなくなった場所。帰らない選択をしたのは涼子自身だったが、祖父の死の連絡を受けてからずっと、涼子の中にくすぶっている故郷へのこだわりは、今も不完全燃焼のまま、彼女の心の奥底に存在していた。

「平日の昼間は、あまり人がいないから、たまに来る」

「そうなんですか」

涼子は、顔を上げずに返事をした。その様子に気づいた津野田が、心配そうに涼子を覗き込んできた。

「すまん。こんなところ、九条さんには気に入らなかったか」

「いえ、そうじゃなくて。何でわざわざ佐渡が見える場所を選んだのかなって」

「佐渡？」

涼子に言われて、津野田は海の方を見た。晴れている今日、沖の向こうに佐渡島の姿が見えた。

「佐渡が見えるな」

「天気によっては見えないんですけどね」

「……九条さんは、佐渡が嫌いなのか」

「嫌いって言うか、あんまり見たくないと言うか。いい思い出がそんなにないもんで」

「思い出……九条さん、佐渡出身？」

「え。知らなかったんですか」

涼子は、驚いて顔を上げ、津野田を見た。てっきり、涼子の故郷が佐渡だと知って、サービスのつもりでここに連れてきたのだと思っていたからだ。

「知らなかった。そういう話、したことなかったから」

そう言えば、と涼子は思い出した。

今のサンズファーム紫竹山店に勤め始めたのは、涼子の方が少しだけ早かった。津野田を紹介されて一緒のシフトに入ることが重なっても、挨拶や短い会話をするくらいで、お互いのプライベートに関わる話はしたことがなかった。

他の同僚たちは、わりと馴れ馴れしく涼子にあれこれ尋ねてくることが多かった。ちょくちょく時間を変更しては、涼子にカバーしてもらっているおば様は、涼子の年齢から出身、家族関係まで質問してくるし、短期間だけ働いていた同じくらいの年齢の男性は、涼子の住んでいるところや付き合っている彼氏がいるかどうか、今度飲みに行かないかなど、ちゃらちゃらした態度でうっとうしいほど聞いてきたものだ。

その点、津野田は涼子を詮索しようとしてこなかった。涼子もまた、津野田のことを自分から聞こうとはしなかった。

津野田に対し、無関心すぎたかなと、涼子は初めて後悔した。おかげで彼が何を考えてここに自分を連れてきたのか、さっぱり分からない。

涼子のことをほとんど知らないという点は、津野田も同様だった。

「悪かった。俺は、その、口下手だから説明も上手くなくて。こうして話すのも緊張するから、行き先も言ったつもりでいた」

「聞いてませんでしたけど、私もここまで聞かなかったですしね。おあいこだってことで」

涼子はペットボトルの蓋を捻(ひね)って開け、お茶を飲んだ。冷たい緑茶が、喉を通っていく。

海の方から、風が吹いてきた。夜はまだ冷えるが、日中こうしていると暑からず寒からず、ちょうどいい。

「気持ちいいですね。晴れててよかった」

「ん……」

「津野田さんて、休みの日はこうやって散歩とかしているんですか」

　津野田が口下手ならば、涼子の方から聞いてやれとばかりに、話題を振った。休みの日のことを聞かれ、津野田はしばし考えてから答えた。

「休みの日は……ほとんどごろごろしてるか、こうやって金がかからないところに来て、ぼーっとしている」

「私もそんな感じです。独り暮らしで何にもなくて、切り詰めて生活してるから、遊びにも行けないんですよ」

　ショッピングに使う余分な金もない。ストレス発散にカラオケでもと思っても、特に歌が上手ではないし、それほど歌いたい歌もない。ボウリングなどのレジャーにも興味はない。

　そう考えると、涼子は自分も津野田以上に何もしていないことに、改めて気づいた。こんなところまで来る津野田の方が、まだ活動的かもしれない。

　横に降ろしたデイパックの外側のファスナーが半分ほど開き、いつの間にか一寸法師が頭を出していた。

その目は、涼子と津野田ではなく、佐渡島の方を見ていた。

かつては京の都で暮らしていた一寸法師が、どのような経緯で佐渡に流れてきたのか、涼子は知らない。失脚した貴族や権力者、僧侶などが流されてきたという記録も残っていることから、そういう人たちによって持ち込まれたのかもしれない。そのことを一寸法師がどの程度覚えているかは分からないが、涼子と同様、今の一寸法師にとっても、佐渡は故郷なのかもしれなかった。

「……九条さん、すまない」

「はい？」

「楽しくないだろう？　ただこうして座って海を見ているだけで、特に何もしなくて。俺はこんなに不愛想だし」

「いや、そんなことは」

佐渡は見たくなかったが、こうして海風に吹かれてぼーっとしているのは、嫌な気分ではなかった。古いアパートの一室に閉じこもったまま休日が終わるより、健康的だし気分転換にもなる。

だが、津野田はそうは思わなかったらしい。

「九条さんは、コンビニでいつも笑顔だから、今は全然面白くないんだろうなと思って」

確かに津野田と待ち合わせ場所で会ってからも、涼子は笑顔になっていなかった。しかし、だからと言って津野田に文句があるわけでも、こうしていることが嫌いなのでもない。

「あれは作り笑い。素の私は、こんなもんです」

むしろ、自然体だからこそ笑っていないのだと言うと、津野田は目を少しだけ大きく見開いた。

「津野田さんだって、普段からそんなに笑わないじゃないですか。私とこうしていて、つまらなくないですか」

「いや、楽」

「楽」

楽しいではなく、楽。

涼子が尋ねようとすると、今度は津野田の方が聞かれる前に説明した。

「店で俺があまり話さなくても、九条さんの態度は変わらないから。なんだかんだと追及してこないから楽だ」

「はあ」

それは、イコール興味がないということと紙一重だ。興味や関心があったら、相手のことを知りたいと思うのではないだろうか。そう思うと、何も尋ねてこなかったのはもしかしたら失礼だったのではと、涼子は心配になった。

「私もあんまり詮索されたくなくて、話してきませんでした。でも、津野田さんのこと、嫌いとかどうでもいいとか、そんな風に思ったことないですよ。てきぱきと仕事をこなしているし、頼り甲斐があるし、一緒のシフトだとすごく……楽です」

涼子も、津野田と共にいることを楽と表現した。そうか、と一言呟き、津野田もペットボトルのコーヒーを口に運んだ。

それから、津野田は決心したように涼子に打ち明けた。

「たぶん、俺は九条さんに興味があるんだと思う」

「興味、ですか」

恋愛感情ではなく興味の方かと、涼子は津野田の言い方に苦笑した。

(これ、異性として見てくれていることになるのかな。単に、もう少し話をしてみたい同僚ってことで、友情みたいなものかな)

「だったら……私のこと、話した方がいいですか。たとえば、佐渡のこととか、実家のこととか」

津野田は、肯定も否定もしなかった。かと言って、止めもしない。つまり、無言で促していることかと判断し、涼子は自分の生い立ちから話し始めた。

家族で旅館を経営していること。

自分は昔からそれが嫌だったこと。

両親に嘘をついて新潟の大学に通わせてもらい、卒業しても戻っていないこと。

そのまま家出のようになっていること。

涼子は、自分でもびっくりするほどすらすらと語ることができた。

もしかすると、誰かに聞いてもらいたかったのかもしれない。自分の気持ちを、誰かに知ってもらいたかったのかもしれない。その相手が津野田でよかったと、涼子は思った。

「そんなわけで、実家とは完全に絶縁状態。独りで生きていく覚悟をしたってわけです」

語り終えた彼女に対し、津野田は十分に考えてから一言、「大変なんだな」と言った。

まあ、それなりに生活できてますけどね、と涼子は付け足した。

「ということで、コンビニでの私の笑顔は作り笑いみたいなもんです。人前で笑顔になるってことだけは染みついていて、それがバイトで役に立ってます。そういう意味では、口を酸っぱくして愛想をよくしろと言っていた両親に感謝ですかね」

アパートでは、表情がすとんと欠落したように顔の筋肉が動かなくなる。その分、コンビニでにこにこして元気よく挨拶すると、店長の田村は褒めてくれるし、他の同僚からも悪く言われることがない。

その笑顔を作らなくてもこうして話をすることができるのは、やっぱり楽って言うのかもしれないと、涼子は思った。

「津野田さんはどうなんですか」

自分ばかりしゃべってしまったと、涼子は津野田の方に話を向けた。

自分のことを分かってもらう代わりに、津野田のことを知る努力をしよう、そう思ったのだ。

「津野田さんの家って新潟市？」

「ああ、まあ……」

涼子に聞かれた津野田の返事は煮え切らなかった。

「？」

「昔、ちょっと荒れていて……」

「え」

津野田が荒れている——涼子はびっくりして、思わず津野田をまじまじと見てしまった。今の津野田からは、荒れていた過去を想像できなかった。

そんな涼子の視線に気づき、津野田は指で短い自分の髪をつまんだ。

「昔は、金髪に染めてた」

「えー！」

涼子は、信じられないという風に声を上げた。今は黒髪で短く刈っている津野田が金髪だったなんて、想像もできなかった。

実は、と津野田が話を続けようとしたとき、二人が座っているベンチの近くにある駐車場に一台の車が入ってきた。停車すると、三人の男たちが口々に大きな声でしゃべりながらゲラゲラ笑い、車から降りてきた。

周囲には、涼子たちだけでなく、公園の方から歩いてきた小さな子をもつ親子連れや、散歩を楽しむ高齢の人たちも通っているのに、男たちはかまわずに耳障りなほど大声でしゃべっている。

一気に雰囲気が悪くなったなと、涼子はちらりとそちらに視線を走らせた。

津野田さん、場所を変えようって言わないかなと、涼子は隣の津野田を見た。

「津野田さん？」

津野田の表情が、つい先ほどのものとは変わっていた。何だか怖いような目つきで、三人の男たちを睨んでいる。

「あの……」

「行こう、九条さん」

津野田がベンチから立ち上がったので、涼子も急いで傍らに降ろしていたデイパックを背負った。その際、外ポケットのファスナーを閉め忘れたが、急いでいたので一寸法師のことを気にする余裕はなかった。

そんな二人の動きが、逆に男たちの注意を引いたらしい。立ち去ろうとした二人に、男の一人が声を掛けてきた。

「おい。もしかして、章か？」

津野田の足が止まる。そう言えば、津野田の名は「章」だった。ということは、男たちと津野田は知り合いなのか。

涼子の戸惑いなどおかまいなしに、男たちは二人の方に近付いてきた。

「ほんとだ、章じゃねえか」

「おまえ、すっげえ変わったな。何で髪の色戻したわけ？　似合わねえし。笑えるー！」

三人の男たちは、からかうように涼子たちを取り囲んだ。

男たちは、髪を明るい色に染めており、ピアスやブレスレットの銀色がやけにこれ見よがしに見えた。首筋や腕に、タトゥーがある。本物なのかシールなのかは、区別できない。

涼子は何となく怖くなって、津野田に身を寄せた。

その行動が、また男たちの目についたらしい。下卑た笑いが、三人の顔に浮かんだ。

「デート？　デートだったか、悪ぃな」

「かーのじょー。こんな奴といても、つまんないでしょー。不愛想だしよー」

「俺らと遊ばねえ？　楽しいとこに行こうよー。ついでに楽しいこともしたりして！」

ゲラゲラと下品な笑い声をたてる三人に、涼子は嫌悪感しか抱かなかった。

「かまわないでくれ」

津野田が、低い声でぼそりと呟いた。大きい声ではないが、三人には十分聞こえる声だった。男たちの馬鹿笑いが止まる。

「あーん？　章ちゃーん、何て言ったの？」

「そもそもさ、その彼女、昔の章のこと知ってんの？」

昔の津野田。

涼子は、もちろん知らなかった。

「黙れ」

言い返す津野田に対し、男たちは気にした風もなかった。

「いいじゃん。教えてやるから、俺らと仲良くしようぜー？」

男の一人の手が、涼子に伸びる。その手を、涼子が避けようとした時だった。

「うわっ？」

「な、なんだ？」

「おわっ！」

男たちは、いきなり膝をがくりとついた。まるで、後ろから膝を蹴られたかのような動きだった。三人とも、何が起こったのか分からないような表情で、周囲をきょろきょろと見回した。

その隙に、津野田が涼子の手を握って、半ば走るようにしてその場から離れた。涼子も、遅れないように走る。後ろから男たちが何やら叫ぶが、追いかけてくる様子はない。

息を切らして走る涼子の耳元で、声が響いた。

「だから、姫をお守りすると約束したではないか」

(一寸法師！　てことは、さっきのは一寸法師が？)

何をしたのかは見えなかったが、どうやらデイパックから飛び出した一寸法師が、男たちに何かしたらしい。

「あの無礼者らの膝を、刀で打ち据えてくれたわ。ついでに履き物に小石を入れてやったゆえ、それを取らねば姫を追いかけて走ることはかなうまい」

三人ともスニーカーを履いていたが、その中に一寸法師は小石を突っ込んできたのだと言う。足の裏に石が当たったのでは、さぞかし違和感があるだろう。一寸法師のことだから、ことさら尖った石を選んで入れたかもしれない
目にも留まらぬ早業で、涼子の危機を救ってくれた一寸法師に、涼子は小声で「で

かした」と褒めた。

「姫のご命令さえあれば、あの鬼ども、皆細切れにして海に撒き、魚の餌にでもしてくれるのだが」

（うん？）

何だか聞き捨てならないことを、一寸法師が口にした。涼子は一寸法師に問いただしたかったが、津野田も一緒にいるのでそれができない。

耳元で聞こえていた一寸法師の声は、そこで途切れた。おそらく、デイパックの外ポケットの中に戻ったのだろう。

ちょうどバスが来たので、津野田と涼子はそれに乗り込んだ。

息を切らしながら、二人は空いている席に座る。

そのまま二人は、終点の駅まで何も話さなかった。

涼子は津野田に男たちのことを聞きたかったのだが、あの様子だと津野田が語りたいと思っているようには思えなかった。それを無理矢理聞き出そうとするのは、津野田も嫌だろうと思い、涼子は疑問をぶつけずに飲み込んだ。

終点の新潟駅まで来てバスを降りたとき、今日はここまででお別れかなと涼子は思った。

駅の駐輪場に、自転車を停めている。それに乗ってしまえば、あとは帰宅するだけだ。

　しかし、驚いたことに、津野田は涼子を駅前のカフェに誘った。

　津野田もあまり金がないと言っていたので、ここは自分の分を出すべきだろうなと、涼子は財布の中身を思い出そうとした。

　コーヒーだけ注文しようとした涼子に、津野田はケーキやパフェを勧めてきた。

「さすがに、それくらいは俺でも出せるからな」

「いや、私、自分の分は」

「それくらいさせてくれ。俺だって年上の男なんだからな」

　そう主張する津野田に、涼子は甘えることにした。結局、彼女はティラミスとコーヒーを選び、津野田はチーズケーキとコーヒーを選択した。意外と甘いものもいけるんだなと、涼子は津野田の知らなかった一面を見た気がした。

　注文を受けた店員がいなくなると、涼子は津野田に歳を尋ねた。「二十八」と言われ、自分と四つも離れているのかと思い、驚いた。津野田は童顔ではなかったし、年上だとは思っていたが、四つも違うとは思わなかった。

　目の前に注文したケーキとコーヒーが並び、店員が「他にご注文はありませんか」と尋ねて立ち去ると、津野田はようやく涼子に頭を下げた。

「悪かった。まさかあいつらが現れるとは思わなかった」

あいつらとは、あの下品な三人の男たちのことだろう。

「俺は昔、かなり荒れていたんだ」

津野田が語る、かつての自分。

小学校時代にいじめに遭い、孤立。中学校の後半から荒れ始め、進学した高校ではあの三人とつるんで他の友人をいじめたり、奢らせたりした。

「カツアゲもした。万引きも」

「万引き……」

万引きと聞いて、涼子は複雑な気分になった。

先日、津野田はコンビニの万引き犯を捕まえたばかりである。その津野田の口から、まさか万引きの経験が語られようとは。

「飲酒も喫煙もした。授業を抜け出して、無免許で仲間の親の車を運転し、あちこち出かけた」

停学処分を受け、留年したことをきっかけに、このままではまずいと思うようになった津野田は、仲間を抜けようとしたのだという。

「当然喧嘩になった。それであいつらに怪我を負わせて、退学になった」

喧嘩をしたのは深夜で、警察に補導される形になった。凶器を持っていない殴り合いだったが津野田も負傷していたことから、あの三人も同様に退学扱いになった。仕方がない。

「それまでも、両親にかなり迷惑をかけていた。あげくに退学だ。別に何が気に入らなかったというわけじゃない。いじめには遭ったが、俺をいじめた奴に復讐したかったわけでもない。ただ何となく面白くなかった。憂さ晴らしみたいな反抗だ」

復讐と聞いて、涼子はどきっとした。

一寸法師は、自分の不遇をそれまで関わってきた人々や神のせいにして、復讐を諦めずにいる。

それに対し、前世は姫を攫おうとして退治された鬼だという津野田は、荒れたのは自分をいじめた相手への復讐ではないと言った。

すまない、ちょっとトイレ、と津野田が席を立った。一人残った涼子の肩に、またしても一寸法師の声が響いた。

「どうだ、姫。あれは凶暴な鬼なのだ。共にいるのは危険だ。このまま帰ろう」

デイパックから抜け出してきた一寸法師も、津野田の話を聞いていたらしい。

涼子は、首を振った。

「聞いてたんでしょ。津野田さん、確かによくなかった時期もあったかもしれないけれど、今はあの人たちと縁を切ったって言ってるし、あんたみたいにいつまでも復讐ってこだわってないし」

「どうだかな。口では何とでも言える」

そんなことより、涼子は津野田が戻ってくる前に、一寸法師に聞きたいことがあった。

「ねえ。何であいつらのことを、鬼どもって言ったの？」

海岸で涼子の危機を救ってくれたのは、ありがたかった。あんな男たちに興味などまったくなく、絡まれたのは迷惑以外のなにものでもなかったし、怖いとも思った。その男たちの足止めを一寸法師がしてくれて助かったとは思ったが、あの時彼は男たちを鬼と呼んだ。

その説明を、涼子はしてもらいたかった。

「鬼だからだ」

「意味分かんない」

「そのままなのだ、姫。あれは、京の都を荒らした鬼どもだ。姫が逢引している男と同様、前世は凶悪な鬼。しかも、徒党を組んだ仲間同士。ゆえに、どのようなきっかけで、また鬼同士組まんとも限らん」

「そんな……」

一寸法師の言葉に、涼子は愕然とした。

かつて、共に鬼だったから――前世で一緒に都を荒らしまわった鬼だったから――

だから津野田は現世でも、あの男たちと共に悪いことを繰り返してきたのだろうか。

今は改心して彼らと別れたようだが、前世の因縁から何かの拍子でまた一緒に行動するようになる、などということがあるのだろうか。

一寸法師がさかんに帰ろうと涼子に囁いていると、津野田が戻ってきた。一瞬にして、一寸法師は涼子の肩から降りて隠れたらしい。津野田にその姿を見咎（みとが）められることはなかった。

「悪い。話が途中だった」

「いえ」

涼子は、いくぶん素っ気なく返事をした。それを津野田はどう思ったのか、すぐに話を再開した。

「俺が荒れたせいで、両親が不仲になった。互いのせいだと責任をなすりつけ合ったからだ。だから、家を出た。たまに連絡を入れるが、きっとまだ信用されていない。だから帰らない。真面目に働いて、自立できていると十分証明できるまで、戻らない」

「津野田さん……」

自分の家には戻らない。

そう話す津野田の決意は、まるで自分みたいだと、涼子は思った。

一寸法師から聞いた前世の話のせいで、津野田を疑いそうになっていた自分を、涼子は恥じた。

そんな涼子に対し、津野田の方は話し終えたことですっきりしたようだった。

「変な話をしてすまない。その、誰かと、しかも女の子とこうやって話をすることなんてなかったから」

それは、涼子自身もそうだった。自分の事情は、滅多に人には話せなかった。

涼子は荒れたわけではない。ただ、親を騙した。期待させて、決して安くない学費を出させて、その挙句裏切った。

改心したという津野田に比べ、自分はまだ両親に謝罪の一つもしていないことが恥ずかしかった。

「聞いてくれてありがとう。九条さんとは、その、バイト先でも話ができる方だから、機会があったら、こうして立ち入ったことも聞いてもらいたかった」

「私も津野田さんと話ができてよかったですよ。でも、私なんかでよかったんですか」

バイト先には、他にも女の子がいる。店長のようにしっかりした大人もいる。そちらの方が話しやすかったのではないかと、涼子は思う。そう津野田に話すと、彼は無理だと言った。

「店長は、俺のことにそんなに興味はない。あの人は悪い人じゃないと思うが、別に親身になってくれるわけでもない」

同感だと涼子は頷いた。田村は、基本的にはいい人なのだ。ただ、自分の店の損得を優先して考えてしまうので、時折それが態度や言葉の端々に出てしまうというのが玉に瑕だった。

「それに、女の子とは緊張して話せないと思う」

「ちょっとー。私も女子ですよ」

まさか女子として見られていないのかと、涼子はわざと口を尖らせて文句を言ってみた。

「分かってる。ただ、九条さんだったら話してみたいと思っていた。俺に似ている気がしていたし、何となく分かり合えそうな気がしていたんだ」

津野田の言葉に、涼子は頬に熱が集まりそうで、思わず俯いて津野田に顔を見られないようにした。

分かり合えそうだと言ってもらえたのは、初めてだった。

家族でも、両親は涼子の気持ちを分かってくれない。歳の離れた兄や姉は涼子を気遣ってくれるが、成績がよくて東京で就職している兄や、旅館の仕事が好きで跡を継ぐつもりで働いている姉が、本当に涼子の思いを理解してくれているかどうかは怪しい。

家族以外で互いに理解し合えるかもと思える相手に出会えたことに、涼子はこみ上げる喜びを噛みしめた。

もしかしたら、これは男女の付き合いとか恋愛ではないかもしれない。それでも、気持ちを分かり合える相手がいるというのは嬉しいものだった。


二人がカフェを出たのは、夕方から夜に変わろうという時間だった。

自分たちのことを話せたことで、互いに親近感が持てたからか、話の内容はバイト先のことになり、あの新人の外国人がこんな勘違いをして面白かったとか、年輩の男性は元はどういう会社に勤めていたのだとかを話した。

自分のことを口下手だと言って、あまり長く話そうとしなかった津野田は、嘘のように話に乗ってきてたくさんしゃべった。涼子も同様で、気が付くと自然と笑っていた。

話すことが気持ちよかった。楽だった。

次の休みも同じ日だったら出かけようと約束し、二人は連絡先を交換し合った。SNSのアカウントを登録し合う。

津野田は、涼子が自転車を停めている駐輪場まで送ってくれた。彼は、駅から歩いて十五分くらいのアパートに住んでいるので、このまま徒歩で帰るのだと言う。

また明日コンビニでと互いに言い、涼子が自転車を押して行こうとしたその時だった。

「見ーつけた」

「！」

　涼子の手から、自転車が奪い取られる。同時に、津野田と涼子の間に男二人が立ちふさがり、津野田が見えなくなった。

「津野田さん！」

「まあまあ、いいじゃん、あんな奴」

　酒臭い息がかかる。涼子は、顔をしかめた。

　涼子の自転車を奪った男は、それを自分の後ろの駐輪場のフェンスに寄りかからせた。つまり、彼がどかなければ、涼子は自転車に乗ることができない。

「どいてください。私、帰るんです」

「えー、いいじゃんいいじゃん。まだ夕方だよー？　俺らと飲もうぜ。いい店知ってんだ」

　涼子がしつこく口説かれている間に、二人の男はじりじりと津野田を追い詰め、後退させていった。津野田と涼子の間の距離が開く。

「津野田さん！」

「九条さん！」

互いに呼び合うと、男たちがどっと笑う。おそらく、二人を見失ったあと、彼らもこの近くに来て酒を飲んでいたのだ。駅の表側も裏側も、居酒屋が密集している。酒の力で気が大きくなっている男たちは、偶然二人を見かけ、今度こそ涼子たちを逃がすまいとつけてきたのだろう。

「なあ、いいだろ、俺らの方が楽しいよー？　あいつ、つまんないじゃん」

男が、涼子の左手首を掴む。涼子は、それを振りほどこうとして暴れた。

「やめて！　触らないで！」

「いてぇ！」

身を捩って逃れようとした涼子の右手が、男の頬を引っ掻く。痛みで、瞬間的に男が涼子を、自転車の方に突き飛ばした。

「きゃっ！」

がしゃんと音を立てて、涼子は自転車とフェンスにぶつかり、よろけて膝をついた。

「すっげえ凶暴な女だな！　あーあ、俺、怪我しちゃった。責任とれよな、ブス」

それが本音かこの野郎と、恐怖と怒りで涼子は震えながらも、男を気丈に睨みつけた。

その時、背のデイパックから声が響く。

「姫！　振るのだ！　小槌を！　早く！」

その声に、涼子はジーンズのポケットから、薄く小さくなった打ち出の小槌を取り出した。ジーンズのポケットに入っていたものだから、男にはハンカチかティッシュにでも見えたらしい。

「泣いちゃうのかなー？　ちょっとは女らしいとこあるじゃん」

男に笑われて、涼子は小槌をぎゅっと握りしめた。

涼子は、男が一歩こちらに足を踏み出すのを見て、打ち出の小槌を振った。

「大きくなれ、大きくなれ。大きくなって、こいつらを追い払って！　お願い！」

その瞬間、ぼわっと白い煙が出現した。びっくりした男が、脚を止める。

その煙の中から、長身の青年が涼子を庇うように現れた。

「やれ、鬼ごときの分際で、姫に手を出そうとするとは。今生でもその所業、万死に値する。我が刀の錆となれ」

凛々しい青年となった一寸法師が、腰の刀を引き抜いた。

刀という名だが、もとは折れた針で使い込まれたものなので、刀身に刃はついていない。だが、一寸法師はお構いなしにそれで男の胴を薙ぎ払った。

巨大になった針が、男の腹を直撃する。

「ぐえっ！　が、げほっ！」

みぞおちと胃の付近を強く打たれ、たまらずに男はその場に跪いてげえげえとえずいた。

万引き犯をねじ伏せた時同様、圧倒的な強さだった。

「法師！　あいつらも！　津野田さんを救って！」

涼子が叫ぶ。

しかし、一寸法師はちらりとそちらの方を見ただけで、動こうとしなかった。

一寸法師が大きくなっていられるのは、たったの一分。

これでは津野田を助ける前に小さい姿に戻ってしまうと焦る涼子に、一寸法師が言った。

「姫。打ち出の小槌を振るえ」

また何か条件でも出そうというのか、それとも大きくなっている時間を延ばそうというのか。

涼子が躊躇っていると、一寸法師が別の願いを口にした。

「姫、早く願うのだ。あの津野田とかいう小僧が、前世のことを思い出せますようにとな」

「そ、そんな！」

「本来であらば、鬼同士の争い事。鬼のことは、鬼に決着を付けさせればよいのだ。俺は姫を守るので精いっぱいだからな」

そこまで話すと、一寸法師は現れた時同様、あっという間に姿を消し去ってしまった。

一寸法師が刀で打った男は、吐くだけ吐くと、痛むのか体を丸くして蹲(うずくま)ったままだ。

残りはあと二人である。

その二人は、津野田をフェンスまで追い詰めると、殴りかかった。

それを見た涼子は、もう一つの願い事をするべく打ち出の小槌を振った。

「思い出せ、思い出せ。思い出して、強くなれ。強くなって、こんな奴らをぶっとばせ！」

ぶわっと煙が噴き出す。

ただし、それは打ち出の小槌からではない。津野田の足元からだった。

津野田に向かって腕を振り上げた男たちの動きが、一体何事かと止まる。

その瞬間のことだった。

「げっ！」

「うぐう！」

二人は、急に蛙(かえる)が潰されたような声を出した。

涼子の見ている前で、男たちの体がぐっと上に持ち上がったかと思うと、足がアスファルトから離れた。

「津野田さん！」

男たちの首にかかっているのは、津野田の手だった。なんと津野田は、左右の手でそれぞれ男たちの喉を鷲掴みにし、そのまま持ち上げているのだった。人間離れした怪力ぶりだった。

じたばたと足を揺らす男たちに、津野田が憎々しげに言い捨てた。

「二度と俺と九条さんの前に出てくるな。次はこの程度ではすまさんぞ」

そう言うと、息も絶え絶えな二人の男を後ろに放り投げた。

突き飛ばしたというより投げたという動きがぴったりなほど、男たちはその体を軽々と放られ、涼子の前で腹を押さえて蹲っている男の上に落ちた。

三人同時に「げえっ！」と短く叫ぶと、男たちはとうとう動かなくなってしまった。

それを呆然と見ていた涼子は、はっと我に返ると津野田に呼び掛けた。

「つ、津野田さん！　無事ですか！　津野田さん！」

その呼びかけに、津野田が涼子の方を向いた。その目が、爛々と輝いているように見える。

もしかすると、牙まで生えているのではないか。今にも頭には角が出てくるのではないかと、涼子はあわてた。

「津野田さん！」

「……九条さん？」

その返事がいつもの津野田の声だったので、涼子はほっと胸を撫でおろした。

「お、俺は一体……」

「ここだとまずいです！　行きましょう！」

涼子は、倒れた自分の自転車を起こすと、津野田についてきてくださいと言って、自転車を押して走った。

その後ろから、津野田がついてくる。津野田の困惑が、涼子の背に伝わる。

（ごめんなさい、津野田さん！　一寸法師の口車に乗って、あなたに打ち出の小槌を使ってしまって！　でも、前世の記憶なんてもうなくなっているよね）

一寸法師だって、一分しか大きい状態を維持できないのだ。津野田もまた元に戻っているはず。涼子はそう思った。

立ち並ぶ居酒屋の間を抜け、少し広い通りに出る。そこを渡ったところにある公園に、涼子たちはひとまず入った。

はあはあと荒い息をつきながら、自転車のスタンドを立てる。暗くなった公園に、他に人影はない。

「だ、大丈夫ですか、津野田さん」

男たちに殴られていた津野田を、涼子は心配した。津野田もまた、肩で大きく息をしながら何も言わない。

涼子は、津野田に怪我がないか確認しようとして、近付こうとした。

「来るな！」

突然の拒絶に、涼子の足が止まる。

今日一日一緒にいて打ち解けたはずの津野田から拒まれ、涼子はその場に立ち尽くした。

「津野田さん……」

「違う……そうじゃない……そうじゃないんだ……」

津野田は、両手で頭を抱えた。

もしや頭に瘤(こぶ)か何かでもと、めげずに涼子が触れようと手を伸ばした。その手から逃れるように、津野田は数歩下がった。

「どういうことなんだ……そんなことがあるわけがない……」

「津野田さん？」

「俺が……俺が鬼だなんて！　九条さんを誘拐しようとしたなんて！」

「！」

その言葉に、涼子はびっくりして声も出なかった。

（どういうことなの？　もしかして、津野田さんは前世の鬼の記憶が消えないの？）

「鬼。己の業を自覚したか」

涼子の背後から、一寸法師の声がした。

津野田が、ぎくりと体を震わせ、涼子を睨んだ。いや、正確には、涼子の背後の声の主を。

涼子がデイパックを降ろす間もなく、一寸法師はもはや定位置の一つになった涼子の肩の上に現れた。相変わらず身のこなしが軽い。

彼女の肩の上で、一寸法師は津野田を指さしてふんぞり返った。

「わはははは！　かつて姫をかどわかそうなんぞと恐れ多い振る舞いをしたことを思い出したか！　その汚らわしい記憶に苦しめ！　貴様はかつて鬼であったのだ。人々を恐怖に陥れ、こともあろうに姫に懸想なんぞしおって、不埒な真似をせんとしたのだ。この俺が、そうはさせなかったがな！　今後は愚かな己を恥じ、姫の前に決して現れてはならんぞ！」

「何言ってんのよ。明日は私も津野田さんも、バイトが入ってるんだから」

涼子は、一寸法師が乗っているであろう肩のあたりを手で払った。何かに当たった感触がなかったので、叩き落とすことはできなかったらしい。

「九条さん、それはもしや一寸法師か」

驚いたように、涼子の肩を指さす津野田。

遂に涼子以外の人間に、一寸法師が目撃されてしまった。

違うんですと涼子は言いたかったが、何故か津野田には前世の記憶が甦ったまま残ってしまったらしく、一寸法師の姿も見えているようだ。

万引き犯を一寸法師が倒したときは、その記憶が周囲の人々からなくなり、津野田が一人で捕まえたことになっていた。

それを考えると、本当は津野田も打ち出の小槌で甦った前世の鬼の記憶など、忘れてしまうのではないのか。そう口にした涼子に一寸法師が答えた。

「俺の姿が見えなくなり、俺が存在したという記憶自体が改ざんされることと、鬼が己の前世の記憶を甦らせることは同じではないぞ。というか、打ち出の小槌！　鬼の記憶を呼び覚まして、それを忘れさせぬようにできるのならば、この俺にもっと強い力を与えんか！　ずっと大きいままにしておくくらい、朝飯前だというのに！　おのれ、差別しおって！」

どうやら、打ち出の小槌は一寸法師に対してのみ、力を出し惜しみするらしかった。

歯噛みをして悔しがる一寸法師はともかくとして、涼子はこのことを説明しようと津野田に近付いた。

津野田はまだ信じられないようで、放心状態に近かった。

「津野田さん、黙っていてごめんなさい。実はですね、うちの実家から送られてきた荷物の中にですね、この変なのが入ってまして」

　変なとは、いかに姫と言えど無礼ですぞ！　と叫ぶ一寸法師を無視して、涼子は津野田に説明した。

「ですから、どうやらこれ、本物みたいなんです」

「……ということは、そいつが俺の胃を内側から傷つけた張本人！」

（ああ、前世の記憶があるってことは、当時の因縁も全部引きずっているっていうわけで、しかも私をめぐって一寸法師と戦っていたってことで……）

　涼子は、頭が痛くなりそうだった。

　打ち出の小槌のおかげで、あの男たちから逃れられたのはいいが、今度は一寸法師と鬼の睨み合いが始まった。

　一寸法師が、津野田を威嚇する。

「鬼の分際で、姫の前にいつまでも姿を晒し続けるのは無礼であろう。とっとと立ち去れ。さもなくば、再び貴様の腹の内に入り込み、今度は心の臓を貫いてやる」

　そんなことをしたら、津野田さんが死んじゃう！　と涼子は悲鳴を上げた。

　それに対し、津野田は一寸法師ではなく涼子に対して語りかけてきた。

「かつて、姫を攫おうとしたときも、俺は本気で姫に心を奪われていた。人間として生まれた今も、九条さんのことが大事だという気持ちに変わりはない」

「津野田さん……」

自分は口下手だといい、必要なこともなかなか言えないような津野田の思わぬ告白に、涼子は真っ赤になる。

同時に、一寸法師も赤くなった。ただし、こちらは怒りのあまり顔が紅潮してのことだった。

「貴様ぁぁぁ！　よくもそのようなことが言えたものだ！　今すぐ貴様の体内に入ってやる！　ついでに姫を誑かすその舌も切り捨ててくれようぞ！」

「九条さんと俺は、理解し合えた仲だ。邪魔をするな、一寸法師」

「ま、ま、待って！　二人とも待って！」

今にも自分の肩から飛び降りて津野田に攻撃をしかけんとする一寸法師と、一寸法師に対して自分と涼子の仲をアピールする津野田。

この妙な三角関係に、涼子の方が悲鳴を上げてギブアップしてしまった。

「一寸法師は、やたらと人を攻撃しない！　前世は前世、今は今なのよ！」

「しかし、姫」

「しかしもかかしもない！　それと、津野田さんもしっかりしてください。私たちはバイト先の同僚、とりあえずはまだお友達。鬼の記憶があるかもしれないけれど、それに引きずられないでください。同僚ですからね、働きづらくなるのは、勘弁してください」

涼子の説得に、二人は不承不承黙った。しかし、納得していないのは、明らかだった。

一寸法師の復讐を諦めさせるだけでなく、鬼の記憶を甦らせてしまった津野田に何とかして今の人間としての人生をまっとうしてもらう。

涼子は、ミッションの難易度が上がってしまったことを痛感した。

涼子と一寸法師の同居生活は、まだまだ始まったばかり。

これからも波乱が増すばかりな予感だった。

結

一寸法師と私の殺伐同居生活

涼子は、船体がかき分けていく深く暗い色の海面を見つめていた。

晴れた青い空に、まばらに浮かぶ白い雲。風を切って飛ぶかもめ。それらに目を向けることなく、涼子は甲板の手すりに体を預け、ずっと俯いて波だけを目に写す。

涼子が乗っているのは、佐渡へ向かうカーフェリーだった。

津野田が鬼だった前世の記憶を取り戻してから約一ヶ月。コンビニのアルバイトのシフトを入れていない休日の朝、涼子は佐渡へ旅立った。

「あーあ……遂にフェリーに乗っちゃったよ、私」

佐渡汽船ターミナルを発って既に一時間半。もう一時間もすれば、佐渡に到着する。あれだけ帰らないと決めて頑張ってきた、涼子の故郷だ。

一番安い二等船室の運賃で乗船したが、涼子は船室にいる気はなかった。

二等船室は、絨毯(じゅうたん)敷きの大部屋だ。荷物を置き、座ろうが横になろうが、そこで何か飲食しようがかまわない。仕切りが何もないそこは、観光客も帰省する佐渡の人も、誰も彼も一緒だった。

涼子は、二等船室にいるより、甲板にいることを選んだ。万が一知り合いに会わないとも限らない。それに、他の乗客と離れていないと、心配でもあった。

「姫」

コートのポケットの中から、一寸法師がごそごそと顔を出した。

そう、この一寸ではなく三寸な法師が、いつどこで姿を現して話し掛けてくるかわからないから、涼子はそれも警戒して近くに誰もいない甲板にいるのだ。

「何故帰る気になったのだ」

佐渡への帰省を決めるときに、涼子は一寸法師に自分の子供の頃の話をした。

旅館の娘として生まれ、小さい頃から手伝ってきたことも、旅館の仕事をしたくなくて佐渡から離れたということも。

「んー……私もいろいろ考えたのよ」

「あの鬼の記憶を再び封じたのも、考えた結果か」

前世の鬼の記憶を甦らせた津野田は、それ以来何度か涼子に交際を申し込んできた。

涼子も、津野田のことは嫌いではなかったし、むしろバイト仲間の中では一番好感がもてる相手だった。

しかし、涼子は交際の申し込みに、うんと言わなかった。それどころか、打ち出の小槌を使って、もう一度津野田の鬼の記憶を封じてしまったのだ。

「だって、もしかしたら津野田さんは、前世でお姫様のことが好きだったから、私と付き合いたいって言ってきたのかもしれないでしょ。それは、今の私じゃない。私は九条涼子、お姫様なんかじゃない」

打ち出の小槌で鬼の記憶を封じられた津野田は、涼子に交際を申し込んだことも忘れてしまったようだった。それでも、以前より会話は増えたし、休みが重なったらまたどこかに出掛けようとは言ってくれた。

今は、友達以上恋人未満というところだろうか。

前世のことなど関係なく、津野田が自分のことを好きになってくれたなら、改めて付き合っていくかどうかを考えようと、涼子は思った。

「あんな鬼ごときに失恋して、故郷に逃げ帰るわけではないのだな。まあ、俺という伴侶がいるのだ。姫にはこれから十分俺が真心を尽くすゆえ、一刻も早く俺を人並みの大きさになるよう小槌に願ってもらいたい。そうすれば、俺と恋に落ちて幸せな生活を送ることが出来る」

「いや、それ、普通に考えて無理だから」

一寸法師も、津野田となんら変わりはない。涼子ではなく、その昔どうにか自分のものにしたいと望んだ姫君のことが、今でも忘れられないのだ。きっと涼子自身を望んでいるわけではない。

それに、体を大きくしたら最後、どこまでも物騒な復讐を敢行しようとするだろうから、そんな一寸法師を打ち出の小槌で簡単に大きくするつもりもない。

海風が、涼子の髪を乱しながら吹きつける。

「今回は、お祖父ちゃんの墓参り。亡くなったときに、お葬式に出なかったから」

大好きだったのに、自分から遠ざかった。帰らないという選択をしたから、死に目にも会えなかった。

墓前で謝ろうと決心するのに、こんなにも時間がかかってしまった。

（それと、お祖父ちゃんにも言っておかないとね。お祖父ちゃんが私に譲ってくれた家宝には、こんなオプションがついてたって）

打ち出の小槌だけではなく、本物の一寸法師が。

（大きさは一寸じゃなくって三寸だし、超イケメンなのに超超危険でそこら辺に簡単に放り出すわけにもいかないのよね。こんな同居人を寄越してくれるなんて、お祖父ちゃん、本当に私のこと好きだった？　……でもね、最近慣れてきたのか、一人じゃない生活もちょっとはいいかなって思うこともあるのよ。ほんのちょっとだけ）

大部分は迷惑極まりないのだと、祖父の墓に向かって愚痴の一つくらい言ってやろうと思う涼子の口元が、笑みの形に緩んだ。

墓参りだけで日帰りだと涼子に言われ、一寸法師は不満げに口を尖らせた。

「実家には帰らんのか」

「あんたを連れて帰るわけないでしょ」

一寸法師は復讐のために、旅館を燃やすとまで言ったことがあるのだ。旅館の仕事をしたいとは思わないが、自分の小さい頃の思い出が詰まっていて、家族が経営している旅館を一寸法師に滅茶苦茶にされるのは絶対に阻止したい。

「お墓参り、誰にも見つからないといいなあ」

姉ならばまだいい。両親に見つかったら、大騒ぎになる。家出同然で連絡を絶って独り暮らしを始めたのは涼子なので、非は自分にあるとわかっている。それでも面と向かって詰られたいと思えるはずもない。

「姫……そう愁い(うれ)に満ちた顔をしないでくれ」

不意に、涼子の耳元で声がした。

いつの間にか一寸法師が肩までよじ登ってきて、涼子の頬に小さな手を当てていた。その仕草が優しかったので、涼子はなんだか泣きそうになった。

「もしかして、慰めてくれてる?」

こういうところが憎めないのよねと思った途端、一寸法師は鼻息荒く言い放った。

「俺は、前世で俺に酷いことをした奴らに復讐すると誓った。そして、今度こそ姫と夫婦になるのだから、夫として妻を慰めるのは当然!」

「その復讐を諦めない限り、絶対に大きくしないから」

「姫！　何と無情な！」

どんなに無情と呼ばれようと、家族やコンビニの田村店長や津野田に簡単に復讐させるものかと、涼子はほろりとした気分をどこかへ捨てた。

すぐにこういうことを言い出すから、油断が出来ないのだ。

涼子に大きくしないと言われ、一寸法師はぶつぶつと文句を口にしたが、何を言っているのか涼子には聞き取れない。そのまま肩からどくつもりはないようなので、周囲に人がいないことを確かめると、涼子は口に手を当ててこそっと一寸法師に話し掛けた。

「実はね、もう一か所行きたいところがあるのよ」

「む。どこへ行くつもりか」

涼子の様子に、一寸法師のぼやきが止まる。

「佐渡にはね、住吉という場所があって、そこに住吉神社があるのよ」

「なんと！」

「夢の中で私にあんたのことを押し付けてきた神様に、文句の一つでも言ってやるんだから」

そう、これが涼子の今回の帰省のもう一つの理由だった。

そもそも、一寸法師をこんなに小さい体でこの世に生み出したのは、住吉の神だという。その住吉の神は、涼子の夢の中に現れて、法師を改心させたら最高の福を授けてくれるという、なんともあいまいで胡散臭いことを言っていったのだ。

佐渡に住吉神社があるということをすぐに思い出さなかったのは、そこが涼子の生まれ育った土地と離れたところにあり、まったく詣でたことがなかったからだ。

神社の存在を知ったのはまったくの偶然で、コンビニの書籍コーナーに雑誌を並べていたときに手に取ったタウン雑誌の表紙に、佐渡の記事が載っていた。思わずぱらぱらとページをめくると、佐渡の神社巡りと題したページがあり、その中に住吉神社の文字を見つけたのだ。

神社に詣でても何一つ事態は変わらないかもしれないが、文句を言う権利が自分にはあるはずだと涼子は考えたのだ。

ただし、あくまでも文句だ。

それに対し、一寸法師の反応は予想通り物騒だった。

涼子の肩の上に立ち上がり、拳を強く握りしめて叫ぶ。

「それはよい！　姫！　共にあのにっくき住吉の神を退治しようではないか！　まずは社で暴れて打ち壊し、鳥居を」

一寸法師は、最後まで言葉を続けることが出来なかった。

　涼子が、むんずとその体を掴み、高く上に持ち上げたのだ。

「罰当たり！　だから今みたいなことになってるんでしょうが！　そんなことを言う奴は、かもめに連れられてどこか遠くの知らない国に行っちゃえばいい」

　彼女の手に握られているのが自分たちの餌だと思ったのか、かもめが三羽近付いてきた。その嘴（くちばし）を見て、一寸法師が絶叫した。

「どうか思い直してくだされ！　姫ぇぇぇぇ！」


　すぐに復讐を持ち出す一寸法師との生活は、なかなか殺伐としているけれど、最初の頃より嫌ではないかもと、涼子は自分の心境の変化に気づいた。

　やがて、カーフェリーの進行方向に、佐渡の両津港が見えてきた。

本書は書き下ろしです。
この物語はフィクションです。
実際の人物・団体等とは一切関係ありません。

ポルタ文庫
一寸法師と私の殺伐同居生活

2019年11月25日　初版発行

著者　　千冬

発行者　宮田一登志
発行所　株式会社新紀元社
〒101-0054
東京都千代田区神田錦町1-7　錦町一丁目ビル2F
TEL：03-3219-0921　FAX：03-3219-0922
http://www.shinkigensha.co.jp/
郵便振替　00110-4-27618

カバーイラスト　加々見絵里
DTP　株式会社明昌堂
印刷・製本　株式会社リーブルテック

ISBN978-4-7753-1786-0